Balada de otro tiempo

José Luis González

Balada de otro tiempo

BALADA DE OTRO TIEMPO

De esta edición:
© 1996, Aguilar, Altea, Taurus, Alfaguara, S.A. de C.V.
Av. Universidad 767, Col. del Valle
México, 03100, D.F. Teléfono 688 8966

- Ediciones Santillana S.A.
  Carrera 13 N° 63-39, Piso 12. Bogotá.
- Santillana S.A.
  Juan Bravo 38. 28006, Madrid.
- Santillana S.A., Avda. San Felipe 731. Lima.
- Editorial Santillana S.A.
  4ta, entre 5ta y 6ta, transversal. Caracas 106. Caracas.
- Editorial Santillana Inc.
  P.O. Box 5462 Hato Rey, Puerto Rico, 00919.
- Santillana Publishing Company Inc.
  901 W. Walnut St., Compton, Ca. 90220-5109. USA.
- Ediciones Santillana S.A. (ROU)
  Boulevar España 2418, Bajo. Montevideo.
- Aguilar, Altea, Taurus, Alfaguara, S.A.
  Beazley 3860, 1437. Buenos Aires.
- Aguilar Chilena de Ediciones Ltda.
  Pedro de Valdivia 942. Santiago.
- Santillana de Costa Rica, S.A.
  Av. 10 (entre calles 35 y 37)
  Los Yoses, San José, C.R.

Primera edición en Alfaguara: enero de 1997

ISBN: 968-19-0300-5

Diseño:
Proyecto de Enric Satué
© Foto cubierta: J. Pablo de Aguinaco

Impreso en México

This edition is distributed in the United States by Vintage Books, a division of Random House, Inc., New York, and in Canada by Random House of Canada Limited, Toronto.

A Carmen Rivera Izcoa,
hermana generosa

Deja, jibarita blanca,
deja que el jíbaro cante
y que a medianoche suba
la cuesta del Asomante.
Deja que el jíbaro cante,
que le cante a otro querer,
y que subiendo la cuesta,
lo coja el amanecer.

LUIS LLORÉNS TORRES

¡Antillas, mis Antillas!
Sobre el mar de Colón, aupadas todas,
sobre el Caribe mar, todas unidas,
soñando y padeciendo y forcejeando
contra pestes, ciclones y codicias,
y muriéndose un poco por la noche,
y otra vez a la aurora, redivivas,
porque eres tú, mulata de los trópicos,
la libertad cantando en mis Antillas.

LUIS PALÉS MATOS

Al desmontar del caballo, el silencio que en otras circunstancias ni siquiera habría llamado su atención se le antoja ominoso. Aspira casi con cautela, casi con desconfianza el aire que llena lentamente sus pulmones, y lo exhala al cabo de unos segundos con la misma involuntaria lentitud. Después se quita el sombrero y se enjuga el sudor de la frente con el antebrazo que la camisa remangada ha dejado al descubierto. Entonces avanza hacia la casa.

Mientras cruza el batey alcanza a ver a las tres gallinas que se han subido a la primera pieza. Deben llevar mucho tiempo allí, a juzgar por la tranquilidad con que se mueven de un lado a otro, cacareando por lo bajo y ensuciando el piso de madera con una desvergüenza casi humana. Ahora empiezan a alborotarse sólo porque me han visto, las condenadas. En realidad se inquietaron antes de verlo, porque él ha caminado como de costumbre, pisando fuerte. Cuando llama lo hace sin esforzar la voz, como si no hubiese advertido nada extraño:

—¡Dominga!

Nadie responde. El hombre vuelve a ponerse el sombrero y echa una mirada tentativa a su alrededor. Todavía considera por un instante la posibilidad de que la mujer haya ido por agua al manantial; pero en seguida desecha la idea: a esa hora —mediodía— el almuerzo ya debería estar listo. Y, además, es inconcebible que Dominga se haya ausentado sin cerrar la puerta. Cada día todo le importa menos, cada día es más descuidada, sí, pero no tanto. Ahora casi grita, espantando a las gallinas que corretean torpemente, tropezando unas con otras:

—¡Domingaaa!

Como antes, le contesta el silencio. No, es claro que no hay nadie, para qué sigo llamando. De pronto piensa en el otro. Lo más natural sería que estuviese allí, esperando a que le sirvieran el almuerzo. Pero tampoco está. Se habrá quedado en la tormentera, aguardando a que ella llegue y lo llame: si no lo llaman es capaz de quedarse sin comer, el infeliz. Rodea la vivienda y se dirige a la pequeña construcción de madera y cinc que apenas se alza cinco palmos del suelo. La puertecilla está cerrada, con la aldaba echada por fuera. El hombre, durante unos minutos, no sabe qué pensar. Por fin regresa al batey, sin saber para qué, y sin saber por qué se queda observando al caballo, que ladea la cabeza como para no mirarlo. Sólo entonces lo asalta la revelación brutal. Parpadea involuntariamente, dos o tres veces, mientras su mano se crispa sobre la empuñadura del machete que lleva al cinto. Y la bocanada de aire que aspira en una súbita inhalación convulsiva no pasa de su garganta atenazada por la ira.

Bebe de la lata que Dominga dejó llena en la cocina. Después mete una mano en el agua y se moja la cara hasta que el líquido corre cuello abajo y sólo se detiene en la prieta pelambre del pecho. A continuación, de pie junto a la puerta de la primera pieza y mirando al cielo para sentir la evaporación del agua sobre su rostro, orina con poderoso abandono hacia el pie de los breves escalones que llevan al batey. *Tu* batey, desgraciada, *tu* batey y *tu* casa y *tu* finca: me meo en ellos. Hasta la última gota que cae silenciosa y derrotada sobre el primer peldaño.

Reflexiona mientras cruza nuevamente el batey. Suponiendo, como cabe suponer, que hayan huido poco después de su salida hacia el pueblo temprano en la mañana, deben llevarle, cuando menos, cinco horas de ventaja. Pero podría jurar que van a pie: ningún vecino, por estúpido que sea, sería capaz de prestarle un caballo a una mujer o a un peón. Eso anula en parte la ventaja. Pero sólo en parte mínima, porque lo más importante es saber qué rumbo han tomado y él lo ignora. El hombre concibe entonces dos posibilidades. Dominga tiene unos parientes que viven a media jornada de camino, conozco por los lados de Guilarte: unos primos que conozco lo bastante para saber que no se negarán a recibirla si saben que ya me dejó, aunque llegue con otro. Pensándolo bien, sobre todo si llega con otro. Ésa es una posibilidad. Pero el otro también tiene su cabeza (aunque a veces dé la impresión de que sólo le sirve para ponerse el sombrero) y tal vez no confíe en desconocidos y prefiera acogerse a los suyos, en la costa. Ésa es la otra posibilidad.

El caballo, inquieto, cabecea dos veces, y el hombre piensa que no tiene tiempo que perder. Hace un último razonamiento: el otro es un Juan Lanas y ella, mujer al fin, buscará ante todo su propia seguridad. Y la seguridad, por ahora al menos, son los primos. Pero ahora también van a saber, hijos de mala madre, quién es Rosendo Arbona y el precio que tiene su deshonra.

Monta y se echa al camino, sin volver la cabeza hacia la casa cuya puerta abierta vuelve a franquear la curiosidad de las gallinas.

Atardece con barullo de coquíes cuando el hombre descubre su equivocación. El peón que lo recibe le dice, con evidente verdad, que los primos de Dominga bajaron al pueblo desde el mediodía y todavía no regresan. Por otra parte, ni siquiera le ofrece café o atención para el caballo. O a lo mejor lo está pensando, pero sabe que los dueños tampoco lo harían. Mal rayo los parta a todos. Y vuelve grupas maldiciendo su propia estupidez.

Avanza en silencio, bajo el sol que castiga con más fuerza a medida que el descenso transforma las veredas en caminos, su mano en la del nuevo compañero que marcha a su lado, también de callada, ¿arrepentido acaso o pensando igual que ella en lo que han dejado atrás, en lo que ella desea con todas las fuerzas de su alma haber dejado atrás?

¿Cómo saberlo? Dos días de viaje llevan ya y, como por acuerdo tácito, ni una sola vez han vuelto la cabeza. Tampoco han prodigado las palabras, ni siquiera cuando se detienen brevemente para comer o descansar. A ella, reservada por naturaleza, no la afectaría el mutismo del muchacho en otras circunstancias (en realidad, se dice, su amor nació de los largos silencios que la presencia del marido sólo conseguía hacer más elocuentes que cualquier conversación), pero ahora engendra en su ánimo una creciente sensación de incertidumbre. No he hecho mal, Dios y yo sabemos que no he hecho mal porque allá no podía seguir y porque fue el amor, no el odio, lo que me dio fuerzas para hacer lo que hice. Pero todavía falta lo peor y desde ahora tengo que saber que no estoy sola, que no voy a estar sola cuando llegue lo peor ni después ni nunca en el resto de mi vida.

De rato en rato, durante las últimas horas, ha fingido ademanes casuales, como arreglarse el pelo o pasarse el pañuelo por el rostro, para mirar al muchacho de soslayo y tratar de escrutar sus pensamientos. Pero la expresión del otro es una máscara impenetrable. Ella se ha esforzado en dos ocasiones (las recuerda bien, quizá porque no pasaron de intentos fallidos) por iniciar una conversación. La primera fue cuando, al doblar un recodo, apareció ante sus ojos, blanca hasta el deslumbramiento, la ondulada superficie de las colinas allí donde la cordillera se amansa gradualmente antes de convertirse en llano.

—¿Qué es eso? —preguntó sin poder contenerse, señalando con el brazo.

—Tabaco —dijo él. Era la primera palabra que pronunciaba hacía varias horas y a ella casi la sorprendió el sonido de su voz.

—¿Tabaco? ¿Así de blanco?

—No —explicó él—. Lo blanco son toldos.

Lo interrogó con la mirada y él añadió:

—Para que el sol y la lluvia no malogren las matas.

Ella sintió que las palabras del muchacho le hacían bien, como si en la escueta explicación hubiese un implícito contenido de ternura. No lo había, desde luego, pero ella quiso prolongar la sensación bienhechora:

—¿Y siempre lo hacen así?

—Sí.

—¿Cómo lo sabes?

—Siempre lo supe

—Pero, ¿dónde lo aprendiste? Tú no eres de la parte del tabaco; tú eres de más abajo, de la caña, ¿no?

—Sí pero eso cualquiera lo sabe.

—Yo no. Yo nunca había visto eso. Nunca bajé de la montaña antes de ahora.

Él ya no dijo más y ella se quedó sin palabras y sin el alivio que le deparaba la conversación.

La segunda vez fue cuando se detuvieron frente a un ventorrillo para comprar algo de comer.

Mientras él regateaba el precio del queso y las galletas, la mujer se quedó mirando el racimo de quenepas que colgaba del techo. Él la observó y le dijo al hombre:

—Me pone un vellón de quenepas también.

Cuando ella le dio las gracias, contestó:

—¿Por qué? Los chavos son tuyos.

—No. Ahora son de los dos, ya te lo dije.

Él volvió a refugiarse en el silencio y ella intentó revivir el diálogo:

—¿Cómo sabes que me gustan las quenepas?

—Las estabas mirando.

—¿Siempre me adivinas el pensamiento?

Él tardó un poco en responder:

—No, siempre no.

—Mi papá siempre me traía quenepas de Ponce, cuando bajaba a vender la cosecha —continuó ella, mirándolo para cerciorarse de que la escuchaba—. Yo fui hija única y papá me consentía tanto que mamá algunas veces se enojaba. Cada vez que yo hacía una maldad, la que me regañaba era ella porque él nunca... —y volvió a mirarlo y esta vez tuvo la certeza de que estaba malgastando las palabras. Tengo que darle tiempo. Eso es lo que él necesita y yo tengo que dárselo. Tiempo: quiera Dios que no sea mucho. Es lo que sigue pensando ahora, cuando siente que la mano del muchacho empieza a transpirar y la oprime con delicadeza para que el sudor moje también la suya.

Paz y sólo paz es lo que busca en esta huida con la mujer ajena: paz con el demonio que lleva adentro y no le da tregua desde el día, años atrás, en que una vecina también adolescente se le revolvió en el último momento sobre el áspero suelo de una pieza de cañas y frustró a dentelladas y arañazos el despertar de su virilidad. El demonio que lo hostiga desde entonces sin cesar: "¿Hombre tú, Fico Santos, que sólo un susto fuiste capaz de darle a la primera hembra de tu vida?"... "¡No supiste cumplir como varón, Fico Santos, tú lo sabes!"... "¡Busca mujer otra vez, Fico Santos, a ver si ahora no fallas!"... Primero trató de no escucharlo, pero ¿acaso es posible taparse los oídos desde adentro? Entonces empezó a responderle y la gente no tardó en comentar que Fico Santos andaba hablando solo por los caminos y hasta en el trabajo:

—A ese muchacho se le están aflojando los tornillos. ¿Qué le pasará?

Pronto empezó a saberse, y de la peor manera. Fue un sábado, a mediados de la zafra. Acababan de pagar jornales y Fico estaba contando los escasos billetes cuando se le acercó Marcial Badía, amigo de la infancia y compañero de faenas:

—Estamos boyantes, ¿ah?

Él se encogió de hombros.

—¿Nos damos un palo?

No le gustaba el ron, pero era invitación de hombre y aceptó.

—Oye —le dijo Marcial después del segundo trago frente al ventorrillo—, a la noche voy al pueblo. Vente conmigo.

—¿A qué?

—A buscarnos unas hembras.

Con todo y el ron que había ingerido, se le enfriaron los pies. Tardó un poco en preguntar, para ganar tiempo:

¿Cómo, unas hembras?

—Putas, hombre —Marcial produjo una risita entrecortada—. ¿Tú no sabes?

—¡No voy a saber!

—¿Entonces?

—Es que... deben costar bastante.

—Bueno, no lo regalan —Marcial volvió a emitir su risita ahogada—. Pero no son tan caras no: quitan como tres pesos.

—Mejor otro día. Me hacen falta los chavos.

—Yo te invito, bai.

—No, está bien —la dignidad lo obligó a ceder. Dime a qué hora.

Anochecía cuando llegaron al pueblo. Al bajar del destartalado autobús de la ruta rural, Marcial se encaminó sin pérdida de tiempo a la plaza del mercado.

—¿A qué hora abren? —preguntó Fico por decir algo.

—Ésas están abiertas desde hace tiempo —dijo Marcial riéndose.

El chiste resbaló sin efecto sobre su tensión nerviosa. Pasaban frente a un cafetín y se detuvo bruscamente.

—Oye —propuso—, vamos a tomarnos una cerveza.

—Allá venden —dijo Marcial.

—No importa. Tengo sed.

—Bueno.

Bebió despacio. Marcial vació su botella y lo apremió:

—¿Qué pasa? ¿No dijiste que tenías sed?

—Espérate, hombre. Tómate otra.

—No, chico, la cerveza no ayuda en estos bretes. ¿Tú no sabías eso?

—Bueno, pero...

—¡Acaba, acaba! Quiero ver si encuentro a la trigueña de la otra vez. Deja que la veas —y se llevó una mano a la entrepierna en un ademán de placer anticipado.

La calle era estrecha y oscura. Desde las casuchas a ambos lados, tras las ventanas enrejadas, las mujeres apenas visibles en la penumbra siseaban a los transeúntes. Marcial caminó, sin volver la cabeza, por el medio de la calle, y Fico lo siguió con la mirada baja y las manos en los bolsillos. Poco antes de llegar a la primera esquina, Marcial sesgó hacia una de las ventanas. Fico lo oyó preguntar:

—¿Está María Luisa?

—Aquí no hay ninguna María Luisa —respondió una pastosa voz femenina—. Pero estoy yo, que hago lo mismo.

—Hace tres semanas estaba aquí.

—En tres semanas pasan muchas cosas. ¿Te abro?

Mirando sobre el hombro de Marcial, Fico examinó con disimulo el rostro de la mujer. Bajo la espesa capa de polvos y pintura la adivinó ni joven ni bonita.

—Para tu amigo también hay —dijo la máscara clavando en Fico su mirada de carbón.

—Pero ella me dijo que se iba a quedar aquí —insistió Marcial.

—Y yo te digo que aquí no hay ninguna María Luisa. ¿Te abro o qué?

—Está bien, abre.

Cuando la mujer descorrió el cerrojo desde el interior, Fico sintió un escalofrío en la boca del estómago. Marcial entro primero y él lo siguió. La puerta daba a una pieza de dimensiones mínimas, con las paredes manchadas de humedad y dos sillones desvencijados por todo mobiliario. Una bombilla solitaria que pendía del techo semialumbraba el recinto con su luz turbia. La mujer, de pie frente a los dos hombres, volvió a mirar a Fico:

—¿A ti te gusta la canela? Te pregunto porque hay una trigueñita de Guayama que... mira... —y se llevó a los labios las puntas reunidas de los dedos.

Fico se encogió de hombros.

—¿Qué, los ratones te comieron la lengua?

—Tráesela, chica —dijo Marcial.

—Yo no he dicho nada —advirtió Fico.

—Bueno, es sin obligación —explicó la mujer—. La ves, si te gusta...

La muchacha que salió del fondo de la casa al llamado de su compañera era, en verdad, canela fina. Y más que eso: bajo el raso brillante del vestido resaltaban la erguida firmeza de los pechos y la comba rotunda del trasero. Fico le sonrió sin darse cuenta, pero Marcial se adelantó con una exclamación:

—¡María Luisa!

—Hola —sonrió la muchacha—. Yo creía que ya no ibas a volver.

Marcial se volvió hacia la otra:

—Oye, ¿y por qué tú me dijiste que ésta no estaba aquí?

—¡Ea Dios! ¿Y desde cuándo tú te llamas María Luisa? —requirió la mujer agriando el tono.

La muchacha rió por respuesta, pero su compañera demandó, los brazos en jarra:

—Bueno, ¿y ahora qué? Porque éste ya se había arreglado conmigo.

—¡Ah, no! —dijo Marcial—. Yo llegué preguntando por María Luisa, acuérdate bien.

—Pues a ésta la conozco yo como Silvia desde que llegó aquí.

—Pero, ¿por qué tanta discusión si somos dos parejas? —intervino Silvia-María Luisa, conciliadora—. Mira, Margarita —y señaló a Fico—, este muchacho no vino por mí. Yo voy con el mío y tú vas con él... y ya está. Nadie sale perdiendo.

Fico retrocedió como para esquivar una agresión, y Marcial avanzó hacia él con una exclamación jubilosa:

—¡Claro! Ya estamos arreglados.

Fico sacudió la cabeza en una degeneración desesperada. Marcial lo sujetó por un brazo:

—¿Qué pasa, chico? Si María Luisa no hubiera estado aquí, yo no hubiera estado aquí, yo no te hubiera dejado esta otra carne por nada del mundo. Es cosa buena, te apuesto lo que quieras.

—No.

—¿Cómo que no?

—No quiero. Yo nada más vine a acompañarte.

—¿A acompañarme? ¡Si hasta preguntaste cuánto cobraban las pu... las muchachas!

—Por saber nada más. Pero ya me voy. Si quieres te espero afuera.

—¡Ahora sí! —Marcial lo soltó y abrió los brazos en un ademán de protesta impotente—. ¡Ahora sí que me chavaste!

Pero Silvia-María Luisa no se dio por vencida:

—No, hombre, a tu amigo lo que le pasa es que es tímido. Pero por eso mismo le conviene una muchacha como Margarita, con experiencia.

—¡Válgame Dios! —se impacientó la aludida. Yo creo que lo que le pasa a éste es que no le gustan las mujeres.

—No diga eso, oiga —el tono cortante en que Fico pronunció las cuatro palabras amilanó a la mujer:

—Si era por verte, negro. Anda, déjame enseñarte lo que es bueno.

El muchacho la miró de arriba a abajo y sintió crecer su repugnancia. "Pero tienes que ir, Fico. Tú sabes que tienes que ir."

—Tienes que ir, chico —la voz de Marcial fue como un eco inverosímil de la otra—. No vas a dejar que te rueguen.

"Tienes que ir y tu sabes por qué. Acuérdate de aquella vez. Acuérdate."

—Está bien —accedió.

Marcial, agradecido, le palmeó la espalda y las dos mujeres sonrieron satisfechas.

Minutos después el súbito griterío hizo saltar a Marcial de entre las piernas acogedoras y expertas de Silvia-María Luisa.

—¡Coño!... ¿qué será eso?

—Ésa es Margarita —dijo la muchacha—. Mira a ver qué pasa.

Alcanzó a ponerse los calzoncillos y entreabrió la puerta lo suficiente para asomar la cabeza. Fico estaba en el pasillo, vestido, la mirada fija en el suelo y los brazos caídos en lastimosa actitud de indefensión. A tres pasos de distancia, enfrentándolo, Margarita lo injuriaba a voz en cuello:

—...¡porque no fue culpa mía, oíste! ¡Así que me pagas, si no quieres que me tire a la calle gritando que eres maricón!

La va a matar, pensó Marcial, y se dispuso a intervenir. Pero Fico ni siquiera irguió la cabeza.

—Yo no le pago porque no le debo nada —dijo sin levantar la voz.

Marcial oyó a Silvia-María Luisa preguntar desde la cama: —¿Qué pasa, oye?—, y le ordenó silencio con un movimiento de la mano, al tiempo que Margarita volvía a gritar:

—¿Que no me debes nada? ¿Y todo el tiempo que pasé contigo? ¿Todo ese tiempo no vale nada?

Fico no respondió. La mujer avanzó un paso.

—¿A lo mejor pensaste que me iba a revolcar contigo por tu linda cara? ¡Pues mírate en un espejo, anda!

Marcial vaciló un instante y al fin se decidió. Volvió a cerrar la puerta, cuidando de no hacer ruido, y regresó junto a la cama. La muchacha, al ver que empezaba a ponerse los pantalones, le preguntó:

—¿Qué vas a hacer?

—Qué sé yo. Cállate.

No sabía, en verdad, lo que iba a hacer cuando abrió la puerta y salió del cuarto. Pero se dirigió resueltamente al amigo:

—¿Qué es lo que pasa, oye?

Fico levantó la cabeza para responder, pero la mujer se le adelantó:

—¡Casi nada! Que se fue conmigo al cuarto, me hizo pasar el trabajo de quitarme la ropa, nos metimos en la cama y... ¡y no pudo! Y entonces se salió de la cama, muy tranquilo, se vistió y me dijo: "Bueno, ya me voy". Así como lo oyes: "Bueno, ya me voy". Entonces le digo: "Y mis chavos, ¿dónde están?" Y el muy descarado...

Yo no hice nada con ella —la interrumpió Fico—. Ella dice que no pude. La verdad es que no quise.

—No quise... no quise... —lo remedó con sorna la mujer—. A lo mejor el que te gusta a ti es tu amiguito.

—Así no —terció Marcial—. Con insultos no vas a sacar nada.

—Pues que me pague y se acabó. Son tres pesos.

—Bueno —instó Marcial a su amigo—, por tres pesos no te vas a hacer más pobre.

—Yo no le debo nada.

—Pero ella puso su tiempo. Es más, mira ¿por qué no transan la diferencia?

—¿Cómo? —preguntó la mujer.

—Arréglense por dos pesos.

—¡Oye! ¿Tú te crees que estás comprando ñames en la plaza? Son tres pesos, ya te dije.

—Yo no le debo nada —repitió Fico—. Yo me voy.

—¡Eso te crees tú! —lo atajó la mujer y, volviéndose hacia el fondo de la casa—: ¡Goyo, corazón, ven acá!

—Espérate —trató de contenerla Marcial.

Pero Goyo —retaco, caricortado, musculoso— aparecía ya en el otro extremo del pasillo y avanzaba hacia ellos abombando el pecho bajo la ceñida camiseta a rayas.

—Válgame Dios —musitó Marcial mientras el rufián inquiría, solícito de la mujer:

—¿Qué se le ofrece, niña?

—Una ayudita, mi alma. Los muchachos se dieron gusto y ahora no quieren aflojar la plata.

El guapo sonrió sin despegar los labios, tendió la diestra con la palma hacia arriba, y mirando a Marcial declaró secamente:

—Tres por dos son seis, amiguito.

—Sí, hombre, aquí están los míos —y Marcial sacó de un bolsillo tres billetes que depositó en la mano de Goyo.

—Buena gente —dijo Goyo, y dirigiéndose a Fico:

Otros tres por aquí, mi estimado.

—Yo no debo nada —volvió a decir Fico—. Yo no hice nada con ella.

Goyo se volvió hacia la mujer:

—¿No hizo nada?

—No pudo. Tú sabes.

—¡No *quise*! —la voz de Fico se alteró de golpe.

—Tu problema —decidió Goyo—. Ella puso lo suyo, y eso se paga aunque no se use. Tres pesos.

—Chico, dale la plata y vámonos —casi suplicó Marcial.

—Buen consejo —dijo Goyo.

—Yo no debo nada; yo me voy —repitió Fico y, dándole la espalda a Goyo, se dirigió hacia la puerta.

—Tú te quedas —la zarpa de Goyo se le aferró en un hombro y lo hizo girar bruscamente sobre los talones; luego, con una felina economía de movimientos, el rufián le hundió el puño en la boca del estómago. Fico se dobló por la cintura con un quejido sordo y cayó de rodillas. Marcial adelantó un paso:

—¡Oiga, eso no!

—Tú ya pagaste —le advirtió Goyo—, pero si quieres también puedes cobrar.

—Bueno, yo... yo no ando buscando lío, ¿sabe?

—Buena gente. Dile a tu amigo que afloje los tres cocos y no hay pro... —y no llegó a concluir la frase porque en ese instante la cabeza de Fico, sacudida de abajo hacia arriba con toda la fuerza que lograron imprimirle los músculos del cuello, lo golpeó brutalmente en los testículos. El rufián exhaló un pujido, se llevó ambas manos al bajo vientre y cayó con la cabeza por delante sobre Fico, todavía de rodillas frente a él. Marcial y Margarita, paralizados por la sorpresa, sólo alcanzaron a cambiar una mirada de incredulidad. Fico se incorporó echando a un lado el cuerpo del otro y, sin volverse hacia el hombre y la mujer que lo observaban en silencio, descargó el primer puntapié sobre el caído. Los otros siguieron en frenética sucesión sobre un costado, sobre la cabeza, sobre la mano con que la víctima intentó protegerse el rostro. Cuando la primera sangre brotó de un pómulo abierto, la prostituta salió de su estupor: el alarido y la carrera hacia la puerta de la calle fueron simultáneos. Marcial (en el momento en que Silvia-María Luisa se decidía por fin a salir del cuarto) saltó sobre Fico y trató de sujetarlo:

—¡Déjalo ya!

Desde la calle llegaron los primeros gritos de Margarita:

—¡Guardia! ¡Guardia! ¡Aquí están matando a un hombre!

—¡Vámonos! —insistió Marcial, esforzándose por arrastrar a Fico hacia la puerta. Lo iba logrando a medias cuando Silvia-María Luisa les cerró el paso:

—De aquí no salen.

—¿Cómo? —Marcial pareció no comprender.

—Que de aquí no salen hasta que llegue el guardia.

—Pero, ¿por qué te metes?

—Es cosa de la casa. Y ahora por la casa respondo yo.

—¡Puta!

—Claro. Por eso me acosté contigo.

—¿Qué es lo que pasa aquí?, —el policía, corpulento y malencarado, entró por delante de Margarita empuñando la macana con ominosa autoridad.

—¡Ésos son, ésos son! —los señaló la mujer—. Mire lo que le hicieron a ese pobre muchacho.

—¡Él nos dio primero y nosotros tuvimos que defendernos —dijo Marcial sin soltar el brazo de su amigo.

—¡Mentira, guardia! Goyo vino a cobrarles porque ellos querían irse sin pagarnos, y fíjese cómo lo pusieron.

—Bueno, aquí hay un hombre herido —dictaminó el policía ahuecando la voz—. ¿Quién fue el que le dio?

—Mi amigo tuvo que defenderse —alegó Marcial—. El tipo ese le...

—¿Entonces fue su amigo?

—¡Ése mismo!, —el índice acusador de Margarita casi vibró en el aire—. Ese mosquita muerta, abusador, sinvergüenza...

—Bueno, bueno, no se me altere —la reconvino el policía—. Aquí lo que hay que hacer es aclarar las cosas. Vamos a ver, dígame usted primero cómo empezó el revo... este, digo, los sucesos.

—Ya le dije. Después que entraron con nosotras, no quisieron pagar. Entonces yo...

—Yo no le debo nada —la interrumpió Fico desasiéndose de Marcial, que seguía sujetándolo por un brazo—. Yo no hice nada con ella.

—Porque no pudo, guardia. ¿Se da cuenta? Ahí donde lo ve...

—¡No quise!

—... tan machito para andar golpeando a la gente, no *pudo*.

El policía lo miró y esbozó una sonrisa.

—¡No quise!

—Bueno, ¿y qué más da? —la sonrisa se hizo franca—. Eso le pasa a cualquiera.

—Le pasará a usted. ¡A mí no!

—Un momento, amiguito —la expresión del policía se endureció al instante—. Cuidado con faltarle el respeto a la autoridad.

—Entonces respéteme usted a mí también.

—¡Cómo! ¿Que te res... ? ¡Camina por ahí! —y la macana señaló, conminatoria, hacia la puerta.

—¿A dónde?

—¡Al cuartel, bajo arresto! ¡Anda, camina!

—Yo no voy a ningún cuartel.

—A las buenas o a las malas. Y más te vale que sea a las buenas.

—Guardia, no le haga caso —intercedió Marcial—. A mi amigo lo que le pasa es que...

—¡Tú también! ¡Anda! ¡Par de jíbaros alzaos!

Marcial avanzó sumiso hacia la puerta, pero Fico no se movió.

—¿No me oíste? —la mano del policía apretó el pulido nogal de la macana hasta que los nudillos palidecieron—. ¿Qué esperas?

—Yo no voy a ninguna parte, ya le dije.

—¡Pues entonces te llevo! —y yendo sobre él sin vacilación, lo agarró por un brazo. Fico se lo sacudió con violencia:

—¡Suélteme!

El policía, sin añadir una palabra, levantó la macana y le asestó un primer golpe sobre la sien. Las mujeres gritaron y Marcial traspuso de un salto la puerta abierta. Fico trastabilló,llevándose una mano a la cabeza. El agente volvió a golpearlo, esta vez sobre la nuca, y el muchacho, aturdido, buscó apoyo en la pared más cercana.

—¡Guardia, se va el otro! —gritó Margarita mientras Marcial se acogía a la oscuridad de la calle en impetuosa carrera.

—Déjalo. Éste la paga por los dos —y el tercer macanazo, en plena frente, derribó a Fico junto a la pared salpicada ahora por su propia sangre.

El caballo está cansado. Y hambriento y sediento, de seguro. El hombre, en cambio, no padece cansancio, ni hambre, ni sed. O tal vez sí, pero prefiere no reconocerlo: ya habrá tiempo para eso. Con todo, lo conmueve el estado de la bestia. Se detiene frente a un bohío y desmonta. Mientras el animal bebe, interroga, cohibido de antemano, a la mujer que lo atiende.

—¿Un hombre y una mujer, dice? —repite ella la pregunta, como si no hubiera oído bien, y lo mira de un modo que hace casi intolerable su humillación.

—Sí —logra sobreponerse—. Ella es bajita, trigueña. Tiene un diente partido. Y él...

—¿Cómo se llama?

—¿Quién?

—Ella.

Maldita. No los ha visto, pero quiere sacarme lo que pueda para chismear a gusto. Como todas: lengüilarga, entrometida.

—Si no los ha visto, no importa el nombre.

—Ajá. Pero no he dicho que no los haiga visto. Y el hombre, ¿cómo es?

Advierte que el caballo ha terminado de beber.

—No importa —dice mientras vuelve a montar—. No los ha visto.

—No, no los he visto —ella lo sigue unos pasos—. Por estos lados no pasa mucha gente, usted sabe.

—Sí, se ve —dice él desde lo alto del caballo, deseando herirla— No hay mucho que ver por aquí. Gracias por el agua.

—No hay de qué. Pero si me dice cómo es él...

Ya no le contesta. Pero desahoga su ira taloneando brutalmente al animal.

El hombre que le vende la hierba para el caballo lo mira de reojo cuando oye la pregunta; luego dice:

—Así que lleva camisa gris y pantalón azul...

—Sí, eso dije.

Y estoy seguro, porque el desgraciado no tiene más ropa; ni una muda. Cuando lavaba la camisa, tenía que alejarse de la casa para dar tiempo a que se le secara sobre el cuerpo. Muerto de hambre.

—No, así no he visto a nadie—. Vuelve a mirarlo de soslayo y añade: —¿Y anda solo, dice?

—No, no dije eso.

Y tampoco voy a decirlo ahora y éste no los ha visto y sólo quiere averiguar lo que no le importa, como la otra...

—Ah. A lo mejor iba en compañía y no me fijé.

—Puede. ¿Cuánto le debo?

—Porque si iba con alguien a lo mejor...

—Que cuánto le debo, digo.

Y le parece que el otro sonríe por lo bajo cuando contesta:

—Déme lo que quiera.

Ha aprendido la lección. Ahora la describe primero a ella, y declara de entrada:

—Es mi hermana; se fugó con uno —y en seguida da las señas del otro.

De ese modo no queda en entredicho su hombría. Al contrario. Porque no es lo mismo un marido burlado (por algo se fija una mujer casada en otro hombre, dígase lo que se diga) que un hermano en trance de vengar el honor de toda una familia. Ahora puede, incluso, aprovechar la curiosidad ajena para realzar el mérito de su propia actitud:

—A mí la condenada me importa poco, la verdad. Desde chiquita se veía que iba a salir así. Usted sabe cómo es. Algunas mujeres son como el palo que nace torcido: ni Dios lo endereza. Si no fuera por el viejo... Yo siempre se lo dije: "No haga mala sangre por esa ingrata, que no vale la pena." Pero el viejo tiene su distinta manera de pensar, qué se va a hacer. Y como ya va para los ochenta y yo soy el único hijo hombre el que queda...

Palabras como ésas siempre mueven a admiración. Y él, sabiéndolo, miente sin escrúpulo. Casi con gusto.

Pero de noche, a solas, es otra cosa: a sí mismo no sabe mentirse. Ni lo intenta; prefiere dormir a campo raso por buscar la soledad en que su rencor crece como la enconadura de una herida mal cuidada. De propósito mal cuidada, porque ese rencor —y el hombre ya ha empezado a comprenderlo, oscuramente en un principio, con mayor lucidez a medida que transcurre el tiempo— es preciso vigilarlo, cultivarlo, impedir que flaquee al paso de las horas y los días. Dos lleva ya en persecución de la pareja, y han sido suficientes para convertir la furia inicial en una fría y calculada determinación. No le gusta esto; no es así como él había imaginado (sin ocurrírsele, por supuesto, que pudiera ser algún día su propio caso) la reacción de un marido engañado. Aquellas venganzas ejemplares que se recordaban durante años en una comarca, infundiendo solidaria admiración en los hombres e inconfesado pavor en las mujeres, no se condecían del todo con lo que él está haciendo ahora. Se ha preguntado por qué y, después de mucho cavilar, ha descubierto que en aquellas historias siempre faltaba algo. Quien narraba, hiciéralo bien o mal, acumulaba detalles en el principio —los antecedentes y la consumación del adulterio— y en el final —la sangrienta aniquilación de los culpables—, pero entre uno y otro extremo del relato siempre quedaba una laguna. Acaso se hacía hincapié en la tenacidad del ofendido: "Y los buscó durante cuatro meses, hasta que dio con ellos y entonces el único que hablo fue su machete"; o bien se subrayaba la naturaleza imprescriptible de la falta: "Y al cabo de cinco años se los encontró, cuando ellos ya ni se acordaban de él, y allí mismo los dejó fríos". Pero, ¿y lo que había pasado en la cabeza del ultrajado durante aquellos cuatro meses o aquellos cinco años? ¿Qué de su resentimiento, de su humillación? ¿Qué de su vacilación y sus temores, si era hombre pacífico o medroso? De eso no se hablaba nunca, y él empieza a preguntarse ahora si la causa de una omisión tan importante no será que eso sólo puede contarlo quien lo haya vivido, y quien lo haya vivido no lo contaría jamás.

No le gusta esto, no; pero su corazón, su cabeza y hasta el tuétano de sus huesos le dicen que la venganza incumplida no le concedería sosiego durante el resto de sus días.

Estaba echándoles maíz a las gallinas cuando lo vio acercarse por el sendero que bajaba del cafetal a la casa. Venía a paso cansado, cabizbajo, y ella advirtió desde lejos la gran mancha de barro que le ensuciaba todo un costado de los pantalones y parte de la camisa. Tiene que haberse resbalado por el dichoso camino, y dejó de mirarlo porque el marido, que afilaba su machete sentado en uno de los peldaños que llevaban a la casa, también reparó en el extraño. Había estado lloviendo toda la mañana, y ahora, mediada la tarde, la vereda empinada era ya un lodazal en el que cada paso representaba un desafío a la conservación del equilibrio. El hombre que afilaba su machete observó, sin embargo, que el desconocido no caminaba con precaución. La lentitud de sus pasos sólo delataba una gran fatiga.

—Ese hombre no es de por aquí —dijo volviendo a fijar la vista en la piedra de afilar. La mujer lo miró y él añadió para explicar: —Míralo cómo viene. Así camina la gente en la bajura.

Ella guardó silencio y, sin dejar de echar el maíz, dirigió otra mirada furtiva al extraño que evidentemente venía hacia ellos. No traía sombrero, y la mujer alcanzó a distinguir los mechones mojados que le caían sobre la frente y acentuaban su aspecto lastimoso. Cuando el desconocido llegó al pequeño glacis a un costado de la vivienda, ella subió a la casa, recogiéndose la falda al pasar junto al marido que mantenía fija la vista en la piedra y el machete. Desde la primera pieza, donde solían recibir a los escasos visitantes de consideración, escuchó el saludo del recién llegado y la breve conversación que le siguió:

—Buenas.

—Buenas —por el tono de voz del marido supo que éste no se había puesto de pie.

—Está malo el camino —en la entonación del otro descubrió el mismo cansancio que le había revelado su manera de andar.

—A veces está peor.

Siguió una pausa durante la cual la mujer sólo escuchó el roce acompasado del machete sobre la piedra. ¿Por qué eres así? ¿Por qué *tienes* que ser así? Se sentó en una silla, la cabeza inclinada y las manos recogidas en el regazo. ¿Qué te ha hecho ese infeliz? ¿Qué te hemos hecho todos?

—Pero parece que ya escampó.

—Parece.

Otra vez la pausa y el roce ininterrumpido del acero sobre la piedra.

—¿Usted es el dueño aquí?

—Algo así.

La mujer levantó la cabeza y aspiró con fuerza, como si le faltara el aire. *Algo* así. No, no. *Todo* así, deberías decir. Es lo único que te interesa. Lo único que te ha interesado siempre.

—Ah. Se dio bien el café este año, ¿verdad?

—¿Sí? ¿Quién le dijo?

—No, digo yo, se ve.

—¿Usted sabe de eso?

—Bueno ... no, no mucho, pero...

—¿Cómo se dio la caña este año?

—¿La caña?

—Sí, la caña. ¿Usted no es de por allá?

—Ah, bueno, sí: de un barrio cerca de Guayama. Pues se dio bien: llovió bastante.

—Ajá. Qué bueno.

Ahora se produjo otra pausa, pero el roce del machete sobre la piedra cesó y la mujer supo por eso que su marido al fin había vuelto para mirar al otro.

—¿Y qué se le ofrece por estos lados? —lo oyó preguntar.

—Estoy buscando trabajo —dijo el otro al cabo de unos segundos.

—¿Tan lejos?

—Bueno, es que... quise conocer otras partes, ¿ve?

—¿Y por eso nada más se vino hasta acá?

—Pues sí, por eso. Y de una vez, como ahora es tiempo de recogida...

—¿Y se vino solo?

—Sí, yo siempre ando solo.

—Pues a lo mejor consigue trabajo. Y a lo mejor no.

—¿Usted... este... a usted no le haría falta alguien que lo ayudara aquí con el trabajo?

—¿Falta? El día que me haga falta ayuda para sacarle con qué vivir a estos terrones, los dejo y me largo para allá abajo a picar caña... como hacen otros.

Oféndelo, oféndelo, la mujer volvió a inclinar la cabeza y sus manos se trenzaron sobre su regazo como dos pequeños animales en lucha. Aprovéchate del hambre que lo obliga a pedirte trabajo y oféndelo y así te sentirás más hombre.

—Bueno —trató de explicar el otro—, yo no quería... Le preguntaba porque...

—Porque está buscando trabajo, ya me lo dijo.

—Sí eso fue lo que quise decir.

—Pues a mal lugar vino a buscarlo. Porque aquí trabajo nunca falta, sobre todo ahora que es tiempo de recogida, como usted mismo ha dicho; pero lo que sí falta es con qué pagarle al que trabaja. El café ya no deja nada.

Mentiroso, la mujer se mordió un labio hasta que el dolor la hizo erguir la cabeza una vez más. No deja nada, pero nunca me dices lo que te pagan por cada cosecha. Ahora dile que trabaje por la comida, como a todos. Como se lo dirías a tu propio hijo, si Dios no te lo hubiera negado.

—Dinero no puedo darle, amigo. Usted dirá si le conviene quedarse por la vivienda y la comida.

El otro tardó en contestar y la mujer volvió a escuchar el roce acompasado del machete sobre la piedra, sólo que ahora fue como si el acero rozara los nervios de su propio cuerpo desollado. Cerró los ojos y se contrajo toda, como en un espasmo, y esperó.

—Bueno —dijo por fin el otro, y la mujer sintió que todo su resentimiento y toda su frustración se ahogaban en un sollozo a duras penas reprimido.

El defensor de oficio trató de explicarle la naturaleza de los cargos —acometimiento y agresión grave (Goyo había estado a punto de perder un ojo) y resistencia a la autoridad— y los recursos legales que se proponía emplear:

—Para la primera acusación podemos alegar defensa propia. Podríamos sacar una multa o en peor caso una sentencia corta. Pero en lo del policía habrá que alegar enajenación mental momentánea.

—¿Alegar *qué*?

—Locura en el momento en que...

—¿Loco, yo?

—No, hombre, es una simple fórmula. Es la única...

—No. Olvídese de eso.

—Le repito: es la única posibilidad.

—Olvídese.

—Mire, yo soy el abogado; déjeme hacer lo que conviene. A usted sólo van a preguntarle qué pasó. No está obligado a declarar, pero es mejor que no se niegue. Diga que después de la agresión de Goyo ya no supo lo que pasó. Que se le fue el mundo o algo así, ¿me entiende?

—¿Hacerme el loco?

—No, hombre, no. Sencillamente que en aquel momento no sabía lo que estaba haciendo.

—Pero yo sabía.

—Eso le parece ahora. Pero entonces no. Y lo que cuenta es lo que pasó entonces. ¿Está claro?

—Bueno —aceptó después de reflexionar unos momentos—. Pero si alguien le dice que estoy loco...

—Nadie lo va a decir. Despreocúpese. Nos vemos en el juicio —y le estrechó la mano.

Se la volvió a estrechar unos días más tarde, después de la sentencia:

—Pudo ser mucho peor. Seis meses pasan pronto.

—Sí, señor, se le agradece. Como quiera mejor preso que loco.

Seis meses pasan pronto, sí, cuando se cuentan desde afuera. Desde dentro es otra cosa. Lo que cuenta el preso (cuando la sentencia es breve y no da tiempo a la resignación) no son los meses, ni siquiera las semanas; cuenta los días y a veces hasta las horas, sobre todo de noche. De noche también, cuando se pierde el sueño, la mente empieza a poblarse de extraños pensamientos, de ideas que van perdiendo poco a poco su asidero en la realidad y van desgastando y corroyendo las otras ideas, las que se traen de afuera, hasta que en ocasiones llegan a suplantarlas y entonces el recluso comienza a habitar un mundo que no es el de adentro ni el de afuera, sino el de su propia irrealidad atormentada.

En ese mundo tenía puesto ya un pie Fico Santos cuando se cerraron tras él las puertas de la cárcel. "A ese muchacho se le están aflojando los tornillos", había dado en comentar la gente cuando se le vio hablando solo por los caminos y hasta en el trabajo. Pero entonces nadie sabía por qué. Ahora, de seguro, Marcial lo habría contado todo. ¿Y de qué otra manera podría haber explicado lo que sucedió si no era ofreciendo la misma versión que la prostituta? En los oídos de Fico Santos —¿desde adentro, desde afuera?— empezaron a resonar las palabras odiosas: "...nos metimos en la cama y... ¡y no pudo!" "No pudo. Tú sabes." "Porque no pudo, guardia. Ahí donde lo ve, no pudo. ¿Se da cuenta?"

—¡No *quise*, no *quise*, no *quise*!

La primera vez que gritó la protesta sin saberlo, el compañero de celda se volvió para mirarlo desde su camastro (era la hora de la siesta) con más curiosidad que alarma, y deseó saber:

—¿Qué fue lo que no quisiste, oye?

Él lo miró de soslayo, avergonzado, y no contestó. La segunda vez fue de noche, y el otro se despertó. Fico lo sintió moverse, lo adivinó vuelto hacia él en la oscuridad, expectante, me está mirando, está esperando que vuelva a gritar para preguntarme lo que no voy a contarle a nadie ni cuando me esté muriendo. Pero el hombre no pronunció palabra y unos minutos después el sueño volvió a hacer pausada su respiración.

Al día siguiente, cuando lavaban los pisos, el otro se le acercó y, sin mirarlo, como si hablara para sí, le dijo:

—¿Cómo te sientes, socio?

Fico se encogió dentro de su propia piel, súbitamente expuesto a una asechanza indefinible.

—¿De qué? —preguntó para ganar tiempo.

—Tú sabes.

Fico guardó silencio. El otro insistió, con la mirada siempre fija en el cemento enjabonado:

—Anoche volviste a gritar. Hasta me despertaste. ¿Cuál es tu problema?

—Yo no tengo ningún problema.

Si no lo tuvieras no estarías aquí. Conmigo no tienes por qué cuidarte. ¿Qué fue lo que no quisiste?

Fico se alejó sin contestar y el otro permaneció donde estaba, entregado a su tarea bajo la mirada del guardián malencarado que fumaba en un rincón.

Pero esa misma tarde, mientras descansaban en la celda después de almorzar, el hombre, echado en el camastro, con las manos enlazadas bajo la nuca y mirando al techo, empezó a hablar con premeditada lentitud:

—Hay muchas cosas que uno no quiere. Si lo piensas bien, son más las cosas que uno no quiere que las que uno quiere. Cuando te das cuenta de eso, es como si te quitaras un peso de encima. Pero la mayoría de la gente nunca se da cuenta, y...

—Lo mío no tiene que ver con eso —lo interrumpió Fico bruscamente, y sus propias palabras lo sobresaltaron.

—Ah —dijo el otro—. Pero a lo mejor sí. A veces uno mismo no sabe lo que le está pasando.

—Yo sí. Es mi problema.

—Ah —repitió el otro en el mismo tono—. Esta mañana me dijiste que no tenías ninguno.

—No importa.

—No importa, es verdad. Eso también hay que aprenderlo: no importa lo que le digan a uno los demás. Lo que importa es lo que piensen. ¿A que yo sé lo que tú estás pensando ahora mismo?

Fico lo miró con aprensión. El otro lo advirtió y sonrió para tranquilizarlo.

—¿Lo ves?

—¿Qué?

—Que tienes un problema y tú solo no puedes con él.

Fico desvió la mirada, sin contestar. El otro se levantó del camastro, se dirigió a la ventanuca enrejada y encendió un cigarrillo. Desde allí dijo:

—Olvídalo, socio. Yo quería ayudarte, pero si tú no quieres...

—Usted no puede ayudarme —dijo Fico.

—¿Cómo lo sabes?

—¿Cómo no voy a saberlo?

—A ti te metieron aquí por fajarte con un guapo, ¿no?

—¿Quién se lo dijo?

—Cualquiera. Aquí todo se sabe. ¿A ti no te han contado lo mío?

—No.

—Pues te lo voy a decir: yo soy caco.

—¿Qué?

—Pillo. O sea ladrón, escalador, ratero... Pero todo eso suena feo. Los periódicos dicen caco: les parece más fino, creo yo.

—Ah.

El otro hizo una pausa y después dijo:

—Oye, te voy a pedir un favor.

—¿A mí?

—Sí. Tú vas a salir antes que yo y puedes llevarle un recado a un amigo mío.

—¿El amigo suyo también es... caco?

—Es mi socio —y tras una pausa más prolongada que la anterior—: Tú eres del campo, ¿verdad?

—¿No lo sabía?

—Sí, claro que lo sabía. Eso es bueno: yo confío más en la gente del campo.

—¿Entonces su amigo...

—No, él es de aquí. Del pueblo, quiero decir.

—Pero es su amigo. Usted le tiene confianza.

—Es mi socio. Ya lo conocerás. Cuando vayas a salir, te diré dónde encontrarlo y lo que quiero que le digas. Y de ahora en adelante olvídate de lo que no querías y empieza a pensar en lo que quieres. Te va a ir mejor, ya lo verás.

Tan embebido viene en sus pensamientos que casi pasa frente al ranchito sin reparar en él. Sólo los ladridos del perro que se echa al camino para seguir al caballo lo sacan de su ensimismamiento. Se vuelve para mirarlo y lo ve, escuálido y descarado, ladrando desaforadamente con todo el cuerpo, pero a una distancia más que prudente de los cuartos traseros del caballo; y en un arranque de irritación tira de las riendas para hacerle dar vuelta a la montura y enfrentarla al bochinchoso. Éste, tan pronto advierte que el caballo se le echa encima, hunde el rabo entre las patas y emprende la huida, trocando los ladridos en gañidos y buscando el amparo de la vivienda que atrae entonces la atención del hombre por primera vez. Frenando el caballo, el hombre sigue al perro con la mirada hasta que éste detiene su carrera en el batey y desde allí se vuelve para cerciorarse de que no lo persiguen. Todavía con las riendas recogidas, el viajero concibe un pensamiento rápido: tanto él como su caballo necesitan descanso y algo de comer, y el aspecto humilde de la vivienda le sugiere que en ella podrá encontrar ambas cosas por un precio adecuado a su propia escasez de recursos.

Cuando el caballo avanza hacia la casa el perro recula y, con el rabo siempre untado a la barriga, reanuda sus frenéticos ladridos. El caballo empieza a ponerse nervioso y el hombre lo sofrena una vez más para tranquilizarlo a continuación con la voz queda. En ese momento la única puerta de la vivienda se abre y da paso a una muchacha evidentemente atraída por el alboroto.

—Sultán, ¿qué pasa? —pregunta antes de reparar en la presencia del extraño. Sus palabras sosiegan al perro, que se arrima a la puerta sin apartar la vista del caballo; y entonces ella también vuelve la mirada hacia el camino. El jinete se quita el sombrero y saluda:

—Buenas.

—Buenas —contesta la muchacha, entornando los ojos porque el sol que va cayendo brilla a espaldas del hombre. Esa misma circunstancia le permite a él verla mejor, y trata de calcular su edad para decidir si pregunta por el padre o por el marido. Ante la duda (la muchacha, juzga, andará por los veinte años y lo mismo puede ser soltera que casada), opta por lo menos arriesgado:

—Dispense. ¿Está su papá?

Ella parece vacilar un instante antes de responder:

—Está. Pero si quiere hablar con él va a tener que entrar. Él no puede salir.

El hombre resiente la aparente descortesía de la respuesta, pero desmonta y ata las riendas del caballo al tronco de un limonero solitario a la orilla del batey. El perro gruñe y la muchacha lo espanta con un movimiento de la mano:

—¡Váyase, ande!

El animal se retira por un costado de la casa y la muchacha entra, haciéndole una indicación al hombre para que la siga.

Lo primero que el hombre siente al trasponer la puerta es el agradable cambio de temperatura. Hace tres días que no ve un techo sobre su cabeza; y ahora, con las axilas y los costados empapados de sudor y las piernas entumecidas por las largas jornadas a caballo, experimenta una sensación de alivio que casi le hace cerrar los ojos. La muchacha parece advertirlo y comenta:

—Aquí adentro se siente menos la calor.

—Sí, cómo no —conviene él, y por primera vez la mira con detenimiento. La muchacha baja la vista, con un asomo de rubor, y el recién llegado la observa a gusto por unos instantes, hasta que una voz de hombre (débil y cascada, como de viejo o enfermo) llama desde la otra pieza:

—Tita.

La muchacha vuelve la cabeza y contesta:

—Mande.

—¿Llegó alguien?

—Sí, papá. Un señor lo procura.

—Dile que pase.

La muchacha se vuelve nuevamente hacia el extraño:

—Él está ahí, pero no puede levantarse. Venga —y se adelanta para entrar en la otra habitación.

La cama, de madera sin pintar, sólidamente construida, antigua sin duda, lo sorprende por su tamaño: parece ocupar toda la pieza. Sólo al cabo de unos segundos descubre al hombre acostado en ella, más que nada porque empieza a toser. La impresión vagamente desconcertante de que la cama está vacía podría prolongarse a no ser por el ruido de la tos seca y crujiente, un ruido como de astillas quebradas que en el primer momento parece salir de la madera del mueble mismo porque el cuerpo del hombre acostado casi no hace bulto sobre el lecho y, además, todo él muestra el mismo color de la almohada y las sábanas amarillentas.

—Buenas —saluda el recién llegado.

—Buenas —contesta el otro con dificultad, y aquél no sabe si permanecer donde está o acercarse a la cama. La muchacha le resuelve la duda aproximándose al enfermo para preguntarle si quiere agua, y él también adelanta un paso.

—Si me dice dónde está el agua, yo puedo traerla —ofrece.

—No, no —dice el otro—. No quie... —un nuevo golpe de tos lo interrumpe y la muchacha dirige al recién llegado una mirada en la que éste no sabe si descubrir un reproche velado o una muda solicitud de compasión.

—Yo creo —dice— que les estoy dando una molestia. Pero si en algo puedo...

—No, no —insiste el enfermo, venciendo su ahogo.

—No es ninguna molestia —confirma la muchacha—. Papá se pone así a veces, pero se le pasa pronto.

Se repone, en efecto, al cabo de unos instantes que al extraño le parecen más largos de lo que son en realidad. Entonces le pide a la hija que lo incorpore un poco en la cama, y ella lo hace con una destreza que impresiona al visitante. El anciano, visiblemente aliviado por el cambio de postura, ensaya una sonrisa sin dientes y dice:

—Usted dirá en qué podemos servirle.

—Bueno —empieza a explicarse el hombre, súbitamente deprimido por la situación—. Yo no quisiera molestarlos...

—No, créame, ya le dijimos que no es molestia. Usted diga.

—Pues voy de viaje, y pensé que aquí... a lo mejor ...

—Debe estar cansado —dice el viejo.

—Un poco, sí. Pero la cosa es que el caballo tiene sed y yo... bueno, yo...

—Tita, dile al señor dónde puede darle agua al caballo. Y prepara la comida, que ya va siendo hora.

—Muchas gracias, pero ... —el hombre empieza a buscar las palabras adecuadas para decir que puede pagar, pero el anciano pregunta mientras la muchacha sale de la pieza:

—¿Viene de lejos?

—Bastante —responde el hombre decidiendo que no es el mejor momento para hablar de dinero.

—¿Y adónde va, si se puede saber? Es la primera vez que le hacen la pregunta, y lo toma desprevenido. Sólo sabe a qué va, pero dónde habrá de terminar su viaje ni siquiera lo ha pensado desde que se echó al camino tres días antes.

—A casa de unos parientes —miente—, cerca de Guayama.

—Ah. Entonces le falta un trecho —dice el viejo—. Si no lleva mucha prisa, más le valdría dormir aquí. Podemos colgarle una hamaca en ...

—Llevo prisa —se apresura a decir el hombre, sin saber si esta vez miente también, y cree descubrir en la mirada del anciano un despunte de incredulidad.

—En ese caso...

—La verdad es que ya quisiera haber llegado adonde voy —añade el hombre hablando más para sí que para el enfermo, y seguro, ahora sí, de que no miente.

—Entonces, cuando menos, coma y descanse un poco. Con el fresco de la noche viajará más cómodo.

—Cómo no —y pidiendo permiso sale de la pieza.

La muchacha está frente al fogón bajo el cobertizo techado de yaguas que hace de cocina en la parte posterior del ranchito, y vuelve a rehuir la mirada del hombre cuando lo ve acercarse. Él pregunta, mirándole las manos (pequeñas y delicadas, como las tenía Dominga cuando la conocí), por el agua para el caballo; y ella le indica con un movimiento de la cabeza:

—Ahí atrasito, al lado del platanal.

Comen en la habitación, cada uno con su plato sobre las rodillas y a la vista del viejo que se excusa de acompañarlos porque no tiene apetito. El hombre conjetura, por lo que vio en la cocina, que la muchacha ha cocinado para más de tres, pero no dice nada. Momentos antes, cuando trasladó el caballo, observó que la hortaliza colindante con el platanal estaba bien cuidada, y pensó que a la muchacha sola no podía acreditársele tanto trabajo: en aquello se veía a las claras la mano de un hombre. Ahora, mientras comen, hace por fin la pregunta que le afloró a la mente desde que vio al viejo inmovilizado en su gran cama y a la hija que parecía existir para atenderlo:

—¿Y ustedes viven solos aquí?

El anciano empieza a toser en ese momento, pero la muchacha se abstiene de contestar por él y el hombre aguarda con la mirada puesta en las frituras de bacalao y el arroz con habichuelas que quedan en el plato.

—No —contesta el viejo cuando puede—. Tengo un hijo que ya debe estar por llegar. A menos que ...

La muchacha vuelve rápidamente la cabeza y el hombre la ve dirigirle una mirada aprensiva al padre, que interrumpe bruscamente la frase para enmendarla con debilidad al cabo de unos instantes:

—A menos que se le haga tarde en el trabajo.

—¿Trabaja lejos? —pregunta el hombre más por evitar un silencio torpe que por ganas de enterarse.

—No —contesta el viejo—. Aquí cerca, en la caña.

El hombre hace un involuntario movimiento afirmativo con la cabeza, como si ahora fuera él quien respondiera a una pregunta. En la caña, repite para sí. Igual que el otro. Y de pronto lo asalta un pensamiento alarmante: ¿Y si fuera el otro? Eso sería... Pero, no; le habrían dicho que estaba de viaje o que ya no vivía con ellos. Sin embargo, la muchacha había hecho un gesto extraño cuando el padre empezó a decir algo sobre el ausente. Algo que yo no debo saber, seguramente, pero que no puede tener nada que ver conmigo porque ni siquiera saben cómo me llamo. No, claro que no puede ser él, y la tranquilidad recuperada es un alivio, pero algo raro debe pasar aquí. Sólo que a mí no me importa y no tengo por qué...

—¿Gusta repetir? —la voz de la muchacha lo sobresalta un poco.

—No, no, muchas gracias. Ya estoy satisfecho.

—Usted perdonará que no lo hayamos atendido mejor —dice el viejo—. Pero como no esperábamos la visita...

—No faltaba más. Les agradezco mucho y... —y vuelve a buscar las palabras para hacer constar su intención de pagar, pero una vez más piensa que no es el mejor momento.

—¿Está seguro de que no quiere dormir aquí? —pregunta el viejo.

—No es que no quiera, pero tengo que llegar antes de que amanezca. Ya voy con retraso.

Con un retraso de quince años, porque este viaje debí hacerlo cuando tenía veinte. Cuando todavía era tiempo de dejar la maldita altura y agarrar cualquier camino que me llevara lejos de aquella ruina... La muchacha se pone de pie y tiende la mano para recibir el plato vacío del hombre. Éste se lo entrega, mirándola a los ojos en busca de algo que él mismo no sería capaz de precisar, y ella lo toma y sale de la pieza para dirigirse a la cocina. Entonces él también se levanta y avanza hacia la cama donde la cabeza y las manos del viejo siguen confundiéndose con la almohada y las sábanas amarillentas.

—Me va a perdonar que me vaya tan pronto después de comer —se excusa.

—Qué se va a hacer —las palabras del viejo, dichas quedamente, como para no ser escuchadas, tocan algo más que los oídos del hombre. Qué se va a hacer, si ni siquiera sabe con quién está hablando. Y yo tampoco sé quién es él ni cómo se llama. No sé ni puedo saber lo que piensa de mí, pero algo tiene que estar pensando porque eso es lo único que pueden hacer los viejos, y yo quisiera saber qué es. Sólo que no tengo derecho a preguntarle ni él estaría obligado a contestarme. Qué se va a hacer.

—Ahora, si me hace el favor de decirme cuánto le debo —y se lleva la mano al bolsillo del pantalón donde guarda los escasos billetes cuidadosamente doblados y unas cuantas monedas sueltas.

—Pero cómo se le ocurre —dice el viejo con una sonrisa entre reprobadora e indulgente.

—No, de ninguna manera —protesta el hombre—. Sería un abuso de mi parte.

—No vuelva a decirlo. Lo que siento es no haber podido atenderlo mejor.

El hombre inclina la cabeza. Yo habría hecho lo mismo, desde luego. ¿O lo habría hecho? Un pobre no tiene por qué andar regalando lo poco de que dispone en este mundo. Eso creo yo, cuando menos. Pero, ¿desde cuándo lo creo? Hubo un tiempo en que no pensaba así, ahora que me acuerdo. Hubo un tiempo en que...

—En otro tiempo teníamos muchas visitas —dice el viejo—. La difunta no era de aquí y sus parientes venían a vernos a menudo. Eran de la altura, ¿sabe?, y por allá todavía tienen las costumbres de enantes. No se le niega a nadie lo que se le puede dar, y se espera que los demás hagan lo mismo con uno.

—Sí, eso cuentan —dice el hombre.

—Dicen que les ha ido peor que a nosotros, que se han arruinado. Pero, ¿acaso a nosotros nos ha ido bien? Yo puedo hablar por mí mismo.

—¿Esta propiedad es suya?, perdonando la pregunta —inquiere el hombre.

—Lo que queda. Eran treinta cuerdas. Ahora son cinco.

—¿Y el resto?

—El banco se quedó con ellas. Una hipoteca, usted sabe, y la central que paga lo que quiere por la caña.

—Desde que el mundo es mundo, el que tiene se aprovecha del que no tiene —afirma el hombre sin advertir en sus palabras una inconsciente intención de réplica—. Es ley de la vida.

—La vida son muchas cosas. No hay que fijarse sólo en lo malo.

El hombre calla un momento antes de darle un nuevo sesgo a la conversación:

—¿Y esas cinco cuerdas que le quedan las trabaja alguien? Porque, según me dijo hace un rato, su hijo no se dedica a esto.

—Debería trabajarlas él. Pero no lo culpo: es más seguro ganarse un jornal en cualquier colonia. Por ahora las trabaja a medias un vecino

—Es lástima —dice el hombre—, porque cinco cuerdas por acá rinden más que quince en la altura.

—¿Usted es de por allá? —pregunta entonces el viejo, y el hombre se reprocha para sí haber pensado en voz alta.

—Bueno, viví un tiempo cerca de Aibonito. En casa de unos parientes. Pero ya hace mucho de eso.

—Usted tiene parientes en muchas partes —observa el viejo sin malicia—. Eso siempre es una ventaja.

—Cuando se ayudan unos a otros —dice el hombre—. Yo he tenido suerte por ese lado.

—Sí, es una ventaja —repite el viejo, y el silencio que se prolonga a continuación hace comprender a los dos hombres que ya no les queda nada por decirse.

—Entonces... —el que debe marcharse adelanta dos pasos y tiende la diestra— he tenido mucho gusto. Rosendo Arbona, servidor.

—Igualmente —dice el viejo, estrechando apenas la mano del otro en la suya debilitada y fría—. Félix Rosa, a sus órdenes. Ojalá volvamos a verlo si regresa por este mismo camino.

—Todavía no sé. Pero a lo mejor sí. Todo depende.

—Pues ya sabe. Que todo le salga bien.

—Se le agradece la buena voluntad. Y que se alivie pronto.

Cuando va por el caballo echa una mirada a la cocina sumida en la penumbra. La muchacha no está allí. Ensilla al animal, que lo acoge con un bufido de reconocimiento, y lo conduce de la rienda por un costado de la casa, en dirección al batey.

El perro, echado junto a un helecho, se incorpora cuando lo ve acercarse y lo sigue moviendo la cola perezosa y agachando la cabeza. Primero me ladraste y ahora ya quieres ser mi amigo. Está bien: lo malo hubiera sido al revés. Pero el caballo lo observa con desconfianza, volviendo la cabeza y moviendo las orejas. No, no, éste ya es amigo, se lo puedes creer. Si fuera cristiano te diría otra cosa, pero es animal y...

—¿Ya se va? —la voz de la muchacha parece brotar de cualquier lugar del aire que el rápido crepúsculo empieza a refrescar. El hombre tiene que volver la cabeza hacia ambos lados antes de localizar a la muchacha, de pie junto al limonero solitario. Se dirige hacia ella, soltando un poco la rienda para adelantársele al caballo, y responde a su pregunta:

—Ya me voy. La busqué allá adentro cuando me despedí de su papá, pero no la encontré.

—Salí hace un ratito —dice ella, y añade en seguida, con cierta premura que no pasa inadvertida para el hombre—: Siempre me salgo a esta hora, para coger fresco.

—Pues me alegro —dice él—, porque no quería irme sin volver a verla.

Ella inclina la cabeza, y la sombra del limonero oculta sus facciones a la fija mirada del hombre.

—Quería verla para darle las gracias.

—Ah. No hay de qué.

—Su papá no dejó que le pagara.

—Desde luego —dice ella volviendo a erguir la cabeza, pero sin aceptar la mirada del hombre y dirigiendo la suya hacia el caballo, por sobre el hombro de él—. Los favores no se cobran.

—Tiene razón —dice él con la voz apagada, como si hablara para sí o no le importara mucho que ella le escuchase—. Lo que pasa es que yo me había olvidado de eso.

—¿Olvidado?

—Sí. Pero no por culpa mía —contesta él, y el silencio de la muchacha lo obliga a ser más explícito—: Bueno, es que... alguna gente llega a perder la costumbre de recibir favores.

—Eso debe ser malo —dice ella.

—Bastante. Pero la vida no trata igual a todo el mundo. Hay que entender eso.

Ella asiente con la cabeza y él se pregunta si realmente valdrá la pena que llegue a entenderlo. Porque si la vida la trata mal, de nada le va a servir saber que a otros les pasa lo mismo. Y si la trata bien...

—El hermano suyo ya no debe tardar —dice para hablar de otra cosa.

—No— dice la muchacha—. Si no llegó ya, es que no va a dormir aquí.

—¿Tiene la costumbre? —pregunta el hombre sin comprender aún que el asunto le interesa ya más de lo que él mismo admitiría.

—No es la primera vez que lo hace.

—Bueno —dice él—, no es raro.

—¿Cómo?

—Estará enamorado.

—Ojalá y fuera eso.

—¿Entonces?

—Son malas amistades. Casi todo lo que gana se lo gasta con los amigos.

—Ah. Eso fue lo que su papá empezó a decir allá adentro cuando estábamos comiendo, pero usted...

—Pero yo no lo dejé que siguiera hablando. Usted se dio cuenta.

—Hizo bien. Yo no tenía por qué enterarme.

—No, no fue por eso. Fue por él, por papá. Le hace daño hablar de eso.

—Es claro.

—Ahora ya sabe por qué no lo dejé seguir. No fue por usted.

—¿Por eso me esperó aquí afuera, para poder decírmelo?

—Sí. Y para despedirme.

—Bueno, se lo agradezco. Yo... no creía...

Antes de que él termine la frase la muchacha echa a andar lentamente hacia el camino. El hombre la sigue y el caballo va tras él sin darle tiempo a que tire de la rienda. El perro espera unos segundos y después los sigue a los tres. La muchacha se detiene a la salida del batey y levanta la vista hacia la luna amarilla y redonda que asciende sobre las copas inmóviles de los flamboyanes que bordean el camino.

—Va a viajar con buena luz —dice.

—Y con fresco —añade él, apreciando la temperatura.

—Y no va a llover —dice ella.

—No, parece que no.

—Bueno ... —dice ella volviendo a mirarlo.

—Antes de irme —la interrumpe él, quisiera preguntarle una cosa, si usted me da permiso.

Ella lo autoriza a hacer la pregunta con un movimiento de la cabeza.

—Esa hortaliza allá atrás, ¿la atiende el hermano suyo?

—No, él no se ocupa de esas cosas. Y menos ahora, que está pensando en irse al pueblo. Es cosa mía.

—¿Usted sola?

—Sí, ¿por qué no? El trabajo de la casa no me quita todo el tiempo.

—Pero su papá...

—Él tampoco me ocupa mucho.

—Pues es muy trabajadora.

—Es que me acostumbré desde chiquita, desde que se murió mi mamá.

—No sería fácil —dice él.

—Ya no me acuerdo —contesta ella, y añade sin que el hombre deje de advertir que su voz se hace ligeramente gruesa—: De cualquier manera, en una casa siempre hace falta un hombre, ¿no le está?

—Seguro —conviene él, y nota que su propia voz también se altera un poco.

—Bueno, pues que tenga buen viaje —dice ella ahora en tono definitivo, llevándose las manos a la espalda y dando un paso atrás. Pero él le tiende la diestra y ella la acepta.

—Gracias por todo... Tita.

—De nada. Y si vuelve a pasar por aquí...

—Me verán —afirma él. Dios mediante.

Monta y sale al trote, sin volver la cabeza. El perro sigue al caballo un trecho corto, sin ladrar. Ella se dirige a la casa, caminando despacio. Al llegar a la puerta se vuelve hacia el camino, justo a tiempo de ver cómo la primera curva le hurta el caballo, el jinete, su esperanza.

En un principio lo veía poco: por la mañana, muy temprano, cuando le servía el café recién colado; más tarde, poco antes del mediodía, a la hora de almorzar; y en la prima noche, cuando, después de comer, el muchacho (más por buenos modales que por gusto, conjeturó ella) les hacía compañía durante media hora a lo sumo, participando apenas en la conversación siempre precaria. Ella por lo común no aportaba más que monosílabos: la presencia de los varones la movía a encerrarse en sí misma. El muchacho nunca esperaba el primer bostezo del marido para dar las buenas noches. Dormía en la tormentera que estaba detrás de la casa, y la primera vez que ella se sorprendió pensando en él a solas fue cuando se le ocurrió que debía de sentir frío en las noches húmedas. No le dijo nada al marido porque de todos modos habría sido inútil: sólo poseían una frazada, que compartían ellos dos en su única cama de matrimonio sin hijos. Pero siguió pensando en eso, sobre todo cuando el sueño la abandonaba y permanecía despierta largo rato, escuchando los ronquidos del hombre que dormía a su lado y los apagados ruidos nocturnos que eran como la apacible respiración del mundo. El insomnio, entonces, obraba con efecto bienhechor sobre su desaliento. Tras de sus ojos abiertos a la oscuridad cobraban vida los pensamientos audaces que durante el día su mente ni siquiera osaba concebir: el posible rescate de la felicidad que el amor de un hombre la había hecho conocer una vez, la gozosa sumisión a otra voluntad que acaba por fundirse dulcemente con la propia... Después volvía a dormirse, y al día siguiente esos pensamientos sobrevivían apenas como el impreciso recuerdo de un sueño. Pero la mujer sabía muy bien que, antes de la llegada del muchacho, ella ni siquiera soñaba tales cosas. No tardó mucho, naturalmente, en preguntarse por qué. Y esa pregunta (o más bien la respuesta que con el tiempo tuvo que darle) fue el comienzo de todo.

El primer encuentro a solas entre los dos lo propició —ella habría de recordarlo muchas veces con una especie de vengativa satisfacción— el mismo marido. Una mañana el muchacho no acudió a desayunar a la hora acostumbrada y Rosendo supuso (malicioso, malpensado, como siempre, se dijo ella entonces) que se había quedado dormido. Fue a la tormentera y regresó al cabo de unos minutos.

—Dice que tiene calentura —dejó saber con expresión malhumorada—. Yo sabía que ese infeliz no iba a aguantar el trabajo.

—Bueno —dijo ella pensando en el frío de la noche pasada y en la falta de abrigo en la tormentera—, como quiera tendrá que tomar café. Lo voy a calentar para que se lo lleves.

—¿Quién, yo? —se encabritó él—. Ni que fuera hijo o hermano mío. Llévaselo tú si quieres.

—Está bien —dijo ella con fingida mansedumbre—. Si tú me mandas.

—¿*Mandarte* yo a ti? —bufó él—. ¿Desde cuándo?

Ella no contestó pero esperó a que el marido se ausentara para volver a colar café y llevárselo al muchacho. Cuando entró en la tormentera, doblada por la cintura y con la taza en la mano, él la miró con sorpresa y trató de incorporarse sobre un codo. Ella detuvo el intento con un ademán y le ofreció la taza al tiempo que le preguntaba:

—¿Cómo se siente?

—Me parece que tengo calentura —dijo él—. Pero no se hubiera molestado.

—No es molestia. Tómese el café antes de que se enfríe —y como la posición de su cuerpo era insostenible se arrodilló junto al muchacho, en cuya mirada advirtió la transformación de la sorpresa inicial en una alarma casi conmovedora—. Antes de usted nadie había dormido aquí. Yo ya me hubiera muerto de frío.

—Bueno, a veces hace un poco —dijo él entre dos sorbos, tranquilizado por el tono en que ella había pronunciado todas sus palabras.

—¿No siente ningún dolor?

—No mucho. En el pecho nada más, si trato de levantarme.

—Claro. Eso es un pasmo. Con una cataplasma se le alivia, ya verá.

—Cuando se me pase la calentura bajo al pueblo y...

—No —lo interrumpió ella con suave autoridad—. La calentura no se quita sola, ¿quién le dijo? Para eso es la cataplasma.

—Habrá que buscar quien la prepare.

—¿Buscar? ¿Y para qué estoy yo aquí?

—Bueno, pero usted no... Digo, yo no voy a...

—Usted va a hacer lo que yo le diga, porque tiene que curarse.

El muchacho la miró con tanta docilidad que la hizo pensar en un animal maltratado, y al mismo tiempo la cohibió casi hasta la vergüenza. ¿Por qué le estoy hablando así, como si fuera mi hijo o mi marido? ¿Qué irá a pensar? Pero él mismo mitigó su aprensión al devolverle la taza con un "Gracias, doña Dominga" en el que no cabía mas respeto.

—Ahora quédese tranquilo en lo que yo preparo la cataplasma —dijo ella sin mirarlo, y salió de la tormentera con una extraña sensación en la nuca: la mirada del muchacho, fija allí de seguro, pesaba sobre su piel como el contacto de una mano que ensayara una caricia tímida.

La cataplasma era, en efecto, lo que el enfermo necesitaba. Al atardecer del día siguiente el marido lo vio, con sorpresa, subir los escalones de la vivienda y anunciar:

—Ya me alivié, don Rosendo. Mañana vuelvo al trabajo.

—¿Ah, sí? Se ve que no estaba grave.

—¿No le hará daño levantarse tan pronto? —se atrevió a interrogar ella mirando sin ver nada por la ventana abierta.

—Él sabe lo que hace, ¿no te parece?

Ella no replicó, y el muchacho se apresuró a confirmar:

—Sí, ya estoy bien. La cataplasma me curó en seguida.

—¿La cataplasma? —preguntó el marido.

—La que me preparó la doña. Eso era lo que me hacía falta: parece que era un pasmo.

—Ah, no me habían dicho —y la mirada que le dirigió a la mujer fue tan rápida que el muchacho no alcanzó a advertirla.

—Sí, un pasmo —ratificó ella sin dejar de mirar por la ventana, pero reparando ahora en el torpe ascenso de una gallina al ramaje del árbol más cercano—. No tiene nada de particular.

—Ah —dijo el marido, y ella supo que ahora la miraba con fijeza, en un sostenido intento de obligarla a volverse hacia él y aceptar su condena en silencio, sin la rebeldía que hubiera representado cualquier conato de justificación.

—No —repitió ella, dominada ya por una inusitada voluntad de desafío—. No tiene nada de particular. Pasando la noche en esa tormentera...

—En esa tormentera —repitió él a su vez con lentitud, como si se esforzara por comprender mejor el sentido de la frase, y dirigiéndose entonces al muchacho:

—Ya oyó. ¿Usted qué dice?

—Bueno, sí... yo creo que fue un pasmo. Pero la tormentera... —y se interrumpió para mirar a la mujer y nuevamente al hombre.

—Sí, la tormentera —lo acució el otro.

—Pues... no, yo no me quejo. Yo estoy impuesto.

El hombre asintió con la cabeza, midió un silencio breve y se dirigió una vez más a la mujer:

—¿Ya usted ve? Él está impuesto.

Ella se volvió entonces hacia el marido y afrontó su mirada y la sonrisa torcida que había adivinado antes de verla, afrontó la agresión que había percibido en cada una de sus palabras y respondió lentamente, casi en voz baja, desgranando las sílabas con una deliberación inequívocamente ofensiva:

—¿Y usted piensa que yo soy tan bruta que se lo voy a creer?

(Lo que sucedió en seguida fue motivo de que cada uno se hiciera después, en más de una ocasión, sendas preguntas que ninguno fue capaz de contestarse. ¿Esperaba yo esa respuesta y sabía desde el principio lo que iba a hacer cuando la oyera?, se interrogaría el marido. ¿Era eso lo que yo deseaba que él hiciera cuando le contesté como lo hice?, habría de preguntarse la mujer. ¿Me hubiera atrevido yo a impedir lo que él hizo si lo hubiese previsto a tiempo?, inquiriría de sí el muchacho.)

La última sílaba agresiva de la mujer casi coincidió con el duro chasquido de la bofetada que la hizo ladear violentamente la cabeza hacia la ventana. Con los ojos empañados por las lágrimas que logró contener venciendo difícilmente el imperioso deseo de parpadear, volvió a ver el árbol difuminado ya por la oscuridad incipiente. No advirtió el postrer aleteo de la gallina que se acomodaba finalmente en la rama más baja, pero sus oídos reconocieron los pasos del muchacho que descendía en silencio de la casa, me atrevo a jurar que sin mirarme porque su vergüenza tiene que ser más grande que la mía, para regresar a la tormentera.

—Fue culpa mía.

Ella se dio vuelta rápidamente para mirarlo con expresión de asombro:

—¿Culpa suya?

—Seguro. Si yo no hubiera dicho lo de la cataplasma...

Ella depositó en el suelo la lata que acababa de llenar en el manantial y volvió a mirarlo mientras se secaba las manos en la parte delantera del vestido.

—No, usted no sabe lo que está diciendo.

—Cómo no. Eso fue lo que le dio coraje a él. Pero es que yo creía que usted se lo había dicho.

Ella continuó mirándolo en silencio unos instantes; después apartó la vista del rostro del muchacho y, en un tono de aparente impaciencia que en realidad ocultaba un profundo desaliento, dijo:

—Es que usted no sabe.

Tiene razón, y también él desvió su mirada hacia cualquier parte. Yo no sé nada. Y, lo que es peor, no tengo por qué saberlo.

—De todas maneras, usted perdone.

Ella se mordió los labios y sacudió la cabeza con tanta energía que él se sintió obligado a mirarla de soslayo, dominado hasta la turbación por un confuso sentimiento de culpa, un sentimiento en cuya motivación el incidente provocado por la cataplasma parecía reducirse a un detalle secundario.

—Pero, entonces... —balbuceó antes de darse cuenta de que estaba pensando en voz alta. Ella aguardó unos instantes a que él continuara, pero el silencio del muchacho derrotó su espera.

—Entonces yo se lo voy a decir —declaró con una urgencia que la hizo atropellar las palabras, y en esa misma urgencia él intuyó una amenaza al precario sosiego que le había ido concediendo el trabajoso olvido de su pasado en aquel refugio cuya pérdida sería también, a qué dudarlo, la de su última esperanza. Mejor no me diga nada, ahora fue él quien movió la cabeza, pero tan débilmente que ninguno de los dos advirtió el gesto. No quiero saber nada, y de pronto se dio cuenta de que tenía dos manos y no sabía qué hacer con ellas.

—Doña, yo no quiero...

—Yo no puedo seguir aquí. Tengo que irme aunque él se quede con la finca. Porque todo esto es mío, ¿sabe? Lo heredé de mi papá, que quiso verme casada antes de que...

—Doña, yo no...

—...él se muriera porque no tenía hijos varones y pensaba que yo sola no iba a poder con esto. Lo hizo porque me quería: Dios lo haya perdonado.

—Pero tenía razón: usted sola... —truncó la frase cuando comprendió, demasiado tarde, que la confidencia de la mujer había logrado arrastrarlo al diálogo.

—No estaba sola. Tenía a mi mamá, que vivió hasta hace un año. Ella y yo, con un peón, hubiéramos... —se interrumpió bruscamente, como disgustada por sus propias palabras, y en un ademán casi violento se volvió de espaldas al muchacho. Después, con la voz más apretada que nunca, declaró:

—Pero eso ya no importa. Lo que yo quiero decirle es otra cosa.

Él sintió que su aprensión se hacía intolerable, y contuvo la respiración porque si llego a hablar va a ser para decirle que no quiero seguir oyéndola y eso sería una ofensa que ni ella ni yo mismo me perdonaría jamás.

—Es por usted. Yo quiero irme con usted.

La certeza de que sus propios oídos no podían engañarla la puso repentinamente al borde del vértigo. Luego, ¿de veras lo había dicho? ¿De veras se había atrevido? Cerró los ojos y sólo entonces llegó el alivio, poderoso y dilatado como una creciente. Sintió que las lágrimas se agolpaban detrás de sus párpados y recordó con gratitud que era la segunda vez que lloraba en dos días apenas. No pudo —en realidad no quiso— memorar desde cuándo había renunciado al llanto. Volvió a abrir los ojos y dejó que las lágrimas corrieran por sus mejillas antes de mirar nuevamente al muchacho. Pero cuando al fin lo hizo, sonriendo sin saberlo, él ya no estaba allí.

Lo encontró sin dificultad, donde le había dicho el compañero de celda: un cafetín frente a la fonda principal de la plaza del mercado. Cuando le mencionó el nombre al dependiente, éste señaló con la barbilla hacia una mesa en el rincón más apartado del recinto. En torno a la mesa, cuatro hombres jugaban dominó mientras vaciaban a pico sendas botellas de cerveza.

—El trigueño de la camisa blanca —preciso el dependiente.

Esperó a que terminara la partida y se agotaran los comentarios estentóreos. El hombre, un mulato de ojos verdes, con un pañuelo blanco entre el cuello de la camisa y la piel sudorosa, no dejó de mover las fichas bajo las palmas de ambas manos cuando él se acercó y le preguntó:

—Perdone, ¿usted es don Rufo?

—Así me llamo.

—Yo vengo de parte de Leonardo.

—¿Ah, sí? —sólo ahora el mulato ladeó la cabeza para echarle una mirada oblicua.

—Sí. Le mandó un recado.

—Ah. ¿Tú estabas con él?

—Sí.

—¿Y cuándo saliste?

—Esta mañana.

—Y me traes un recado.

—Ajá.

—Bueno, espérame en el mostrador —y mientras Fico se alejaba—: Ahorita vuelvo, muchachos. Pidan otras cervezas en lo que atiendo a este amigo.

Otros dos hombres habían entrado en el cafetín. Se arrimaron al mostrador y el dependiente acudió antes de que lo llamaran. Hasta los oídos del muchacho empezaron a llegar fragmentos de su conversación:

—Dos limonadas, Cheo. ¿Así que anoche fuiste a oírlo?

—Por curiosidad. Ya sabes que a mí no me atraen los mítines.

—¿Y cómo está Leonardo? —preguntó el mulato acercándose y poniendo las dos manos abiertas sobre la imitación de mármol del mostrador, como para hacerlas descansar sobre la superficie fresca.

—Está bien.

—Entonces no me negarás que como orador no tiene igual en el país. —Habla bien, sí, pero...

—¿Una cerveza? —invitó Rufo.

—No, gracias.

—...por lo que dijo allí, parece que lo que él quiere es volver a los tiempos de España.

—¿Por qué no? —insistió el mulato—. Hace calor.

—Bueno, un maví.

—Porque los puertorriqueños tenemos que rescatar todo lo que los yanquis nos han quitado.

—Maví champán, especial de la casa —explicó el dependiente al servir el refresco.

—Bueno, ¿y qué fue lo que me mandó a decir Leonardo?

—Me dijo que ... —Fico bajó la voz —que le dijera a usted dónde guardó aquello.

—¿Y lo que nos han dado? Porque antes de que ellos llegaran aquí no había jornada de ocho horas, no había derecho a la huelga, no había voto para la mujer...

—Todo eso lo dieron porque les convenía. No tenemos que agradecérselo.

—Pero lo dieron. Convence tú a la gente de que no lo dieron.

—Ah —Rufo miró a los lados y recogió las manos sobre el mostrador—. ¿Y dónde fue?

—En el patio de la casa de Serafín, el barbero. Debajo de la piedra que usted sabe. Así me dijo que le dijera.

—De lo que hay que convencer a la gente es de que el precio de la libertad es el sacrificio.

—Pero antes habrá que explicarle para qué va a servir esa libertad. Si no va a servir para que la mayoría de los puertorriqueños vivan mejor que ahora...

—Conque en el patio de Serafín —sonrió meneando la cabeza el mulato—. Cómo no se me ocurrió. Bueno, ¿y Serafín lo sabe?

—No sé. Leonardo no me dijo.

—En este país lo único que hace falta es quitarle el miedo a la gente...

—Habrá que averiguarlo. ¿Tú conociste a Leonardo allá adentro?

—Sí.

—¿Se puede saber por qué te encerraron?

—Por una pelea. Pero yo no tuve la culpa.

—... el miedo, eso es todo. Ya llevan treinta y siete años metiéndonos miedo. Treinta y siete. Pero se les va a acabar.

—Leonardo me dijo otra cosa.

—¿Sí?

—Que le dijera a usted que le guardara su parte. Que usted sabe cómo.

—Sí, claro, yo sé cómo.

—Bueno, pues eso era todo. Ya me voy. Gracias por el maví.

—Espérate —lo contuvo Rufo—. ¿Vas lejos?

—Fico vaciló un instante:

—No sé.

—¿No sabes? —el otro lo miró con incredulidad.

—No, no sé. Todavía no he pensado en eso.

—Bueno —dijo Rufo llevándose una mano al bolsillo—. Como quiera no te vendrá mal una ayudita.

—No, no —Fico retrocedió un paso—. Se le agradece, pero ...

—Pero, ¿qué?

—No me hace falta.

—¿Estás seguro?

—Sí, cómo no. Bueno, hasta luego.

—Hasta luego. Buena suerte.

Y cuando el muchacho hubo salido, Rufo se volvió hacia el dependiente:

—¿Tú oíste eso, Angelito? Salió de la nevera esta mañana, todavía no sabe adónde va y no le hacen falta unos pesos. ¿Tú lo entiendes?

El dependiente negó con la cabeza.

—No, claro; yo tampoco —dijo el mulato, y regresó a su mesa.

El amigo de Leonardo, evidentemente, no le había creído. ¿Y por qué habría de creerle? ¿Cómo no iba a saber adónde ir un hombre que acababa de salir de la cárcel? Y, en verdad, no lo sabía; no había pensado en eso. Lo que sí sabía, porque lo había pensado hasta el desvelo, era adónde *no* ir. Marcial no volvería a verlo. Ninguno de sus amigos, ni de sus conocidos, volvería a verlo. Se los imaginaba, se los había imaginado cada uno de los ciento ochenta días de su reclusión, esperándolo con los ojos encendidos de malicia, las cabezas llenas de pensamientos sucios, las lenguas impacientes por soltar las preguntas y los comentarios venenosos. Ellos también habrían contado los días de su encierro, anticipando el torpe regocijo que les causarían su confusión y su vergüenza. Mucho tendrían que esperar para darse el gusto. Diciéndoselo iba Fico Santos cuando lo asaltó, repentina, el hambre. La última comida (si comida podía llamarse el triste desayuno de aguado café con leche y una rebanada de pan) la había hecho poco antes de su salida de la cárcel, temprano en la mañana; ahora serían las cuatro de la tarde, y el maví sólo había servido para abrirle el apetito. Se detuvo y volvió la cabeza hacia el cafetín. Allá estaba el mulato, pensó, con el dinero que había querido darle y él había rechazado. ¿Por qué no lo aceptó? ¿Por qué le dijo, mintiendo, que no lo necesitaba? ¿Por qué se pasaba la vida haciendo pendejadas? A su izquierda, entre una quincalla y una ferretería, un puesto de frituras lo atraía con sus olores. Se acercó y contempló las alcapurrias que se doraban en la manteca hirviente. La dueña del puesto, rolliza y de buen talante, le preguntó con una sonrisa:

—¿Cuántas te doy, mi hijo?

—¿Ah? ¿Cómo dice?

—Están ricas. ¿Cuántas quieres?

—Bueno... este... ¿a cómo son?

—A tres por vellón.

Calculó rápidamente: disponía de una peseta: seis alcapurrias le costarían diez centavos y serían suficientes para matarle el hambre por el resto del día. Lo mismo le costarían un bollo de pan y dos o tres guineos. Aún no hacía la elección cuando una mano pesada, cayó sobre su hombro. Volvió la cabeza y se encontró con los ojos verdes del mulato.

—¿Todavía por aquí?

—Pues sí, ya me iba.

—¿Y qué, te gustan tanto las alcapurrias como a mí?

—¿Cuántas te doy, Rufo? —preguntó la mujer.

—Tres y tres, Lula. Yo invito.

—Bueno —dijo Fico—. Gracias.

—No hay de qué, hombre.

Mientras la mujer sacaba las frituras y dejaba escurrir la grasa, Fico comentó, por decir algo:

—Está fuerte la calor, ¿verdad?

—¿Más que allá adentro? —preguntó el mulato, y como el muchacho no contestara en seguida, enmendó de inmediato la conversación—: Y eso que ya está entrando octubre, como quien dice.

—Sí, hombre.

Después de la primera alcapurria, Rufo inquirió sin demostrar demasiado interés:

—Bueno, ¿y ya sabes adónde vas?

—Sí —dijo Fico—. Me voy a la altura. Tengo unos amigos por allá.

Los amigos no existían, pero lo de irse a la montaña —lo comprendió en seguida, no sin sorpresa— era la solución impensada y perfecta. Se sintió como quien recibe un regalo sin saber quién se lo hace.

—Sí, me voy a la altura —repitió, más para sí mismo que para el otro—. Por allá nunca faltan las chiripas.

—Habrá que ver —dijo Rufo en tono dubitativo—. Lo que sé es que se gana menos, pero... ¿cómo diría yo?... con más tranquilidad. ¿Eso es lo que tú quieres?

—Por un tiempo. No digo que vaya a quedarme allá.

—No, desde luego. Aquello enzorra después de un tiempo. Te preguntaba porque yo podría ayudarte si te quisieras quedar por acá. ¿Leonardo no te dijo nada?

—¿Leonardo? No. Nada más me dijo que le dijera aquello.

—Ajá. Bueno, pero ya lo sabes. Conmigo no te faltaría trabajo.

—Pues... —no vaya a pensar que quiero despreciarlo, pero... es que hace tiempo que no veo a esos amigos, ¿usted me entiende?

—Te entiendo. Y, en serio —dijo tendiéndole la mano—, cuando vuelvas por acá déjate ver. Ya sabes dónde encontrarme.

—Cómo no —y cuando estrechó la diestra del mulato, caliente y fuerte, sintió que algo quedaba en la suya. El otro se retiró de prisa y Fico bajó la vista: casi adherido a la palma de su mano, cuidadosamente doblado de manera que el número cinco resaltaba sobre el inconfundible fondo verde, descubrió el billete.

La caña por todas partes, advierte el hombre, hasta donde alcanza la vista, cubriendo la tierra como una inundación, se dice. ¿Aquí habrá habido árboles alguna vez? No como éstos que ve ahora, desperdigados, uno aquí cerca y otro más allá de donde llegaría una pedrada, solitarios, huérfanos, piensa, sino como los de allá, abundantes, frondosos, protectores de lo que crece y fructifica al amparo de su sombra. Y esta ausencia de pájaros, lo comprueba su oído acostumbrado al sinsonte, al turpial, al bienteveo, porque el ojo sí le revela los changos prietos y mudos posados sobre el escaso ganado proveedor de garrapatas. Y el sol convertido en maldición, en condena, en enemigo del aire, que se vuelve seco, caliente y áspero, se lo dicen su piel y sus pulmones. Y al entrar en el pueblo lo peor, ya lo sabía, la gente: retacería cosida por un loco, se le ocurre al hombre, tal es la diversidad de colores, tallas, atuendos, voces, gestos. Qué de negros: fachendosos, parejeros, descarados, sobre todo ellas, todas escotes, nalgas ceñidas, brazos sin mangas. No se diga la muchachería desnuda: aquella ya pasó de los seis años y no lleva una hilacha encima: adiós vergüenza. Y los hombres, bah: ventorrillo, ron y guitarra. Y bongó, cómo no, tucutú, procotó, a eso le llaman música: mamita llegó el obispo, llegó el obispo de Roma, mamita si tú lo vieras, qué cosa linda, qué cosa mona: habráse visto falta de respeto, en lugar de una décima decente y bien rimada que no ofenda a nadie. Y hablando de respeto: un mandulete en camiseta que por correr sin fijarse adónde se le mete entre las patas al caballo y todavía se atreve:

—¡Aguanta ese penco, jincho!

La mano se le va, instantánea, hacia la empuñadura del machete que lleva al cinto, pero el insolente ya está al otro lado de la calle y ni siquiera vuelve la cabeza cuando él lo conmina:

—¡Párate ahí, manganzón, para que veas!

Ahora es una risa burlona a sus espaldas, y éste sí me la va a pagar mientras hace girar al caballo con un tirón de la rienda, pero sucede que no es éste sino ésta, una mujercita desgreñada que lo mira cubriéndose la boca con la mano y encogiendo los hombros para contener la hilaridad.

—¡Respete a los hombres, carijo!

La palabrota disfrazada, antes que arredrar a la mujer, la empuja al paroxismo: ambas manos sobre la boca no bastan a reprimir el torrente de la risa que amenaza descoyuntar su cuerpo endeble: huesos y pellejo bajo la bata mugrosa y descosida en un costado. El hombre siente que toda la sangre se le sube a la cabeza:

—¡Respe ...

—No es falta de respeto, amigo —la voz pausada y gruesa le llega desde el lado izquierdo del caballo, un poco hacia atrás: el que habla debe de haberse acercado mientras él hacía girar la montura por la derecha, por eso no lo ha visto antes. Ahora sí: es un negro enorme, con pecho de barril y brazos como troncos que contrastan a primera vista con la cabeza pequeña pero asentada sobre un poderoso cuello de toro. Él lo interroga con la mirada dura, por el tamaño no va a asustarme, sin apartar la mano del machete.

—No es falta de respeto —repite el otro arrastrando la erre, gargarizándola casi—. Es que no sabe lo que hace —y se lleva a la sien el índice de su mano derecha.

Una loca: debí imaginármelo: ya me habían dicho que por aquí abundaban. Pero el sinvergüenza que me insultó...

—El otro es un tarambana —dice el negro como si le adivinara el pensamiento—. Tampoco hay que hacerle caso.

La mujer deja de reír súbitamente y se pone a rascarse una axila con grave concentración. El negro se le acerca y la toma suavemente por un brazo:

—Tu mamá te anda buscando, Mayuya. Vete para tu casa, anda.

Ella lo obedece dócilmente, y él se vuelve hacia el jinete:

—Tres veces se la han llevado al manicomio y tres veces se ha fugado. Ya se cansaron de volver por ella. Al fin y al cabo, no le hace daño a nadie.

—Pero si no tiene quien la cuide...

—Eso es lo malo. Vive sola con la mamá, que no puede acompañarla siempre. No ha faltado quien quiera abusar de ella.

El hombre piensa con repugnancia en el cuerpo esquelético y desaseado. Qué mundo.

—Usted no es de por aquí, ¿verdad?

—No, qué va... —se interrumpe porque tampoco quiere ofender—. No. Voy de paso.

—¿A Guayama?

—Por ahí.

—Fue lo que pensé. El lunes empieza la zafra por eso la gente está contenta —y señala con la cabeza hacia el grupo que sigue cantando frente al ventorrillo.

—Pero yo no ando buscando trabajo.

—Ah. Yo creí. Es que en este tiempo siempre baja gente de la altura. Parece que por allá escasea el trabajo.

—El trabajo no, porque ahora mismo es tiempo de recogida. Lo que escasea son los chavos: el café ya no deja nada.

—Entonces, como quien dice, siempre están en tiempo muerto —sonríe sin malicia el pueblerino.

—Algo así. Y, dígame, ¿usted podría recomendarme un lugar para almorzar?

—Bueno, allá adelante hay una fonda. Pero a esta hora...

Hace dos, cuando menos, que el sol pasó por el cenit, y el jinete conviene:

—Sí, yo creo que se me hizo tarde.

—Pero no, espérese. A lo mejor en casa de doña Fela todavía pueden servirle algo. Véngase conmigo, que yo también voy por ahí.

Por ahí es casi a la salida del pueblo (más bien el casi porque la casa de doña Fela es la última antes del campo abierto), de suerte que el acompañante tiene tiempo sobrado de continuar conversación y lo aprovecha:

—¿Así que va a Guayama? Por ahí trabajaba yo cuando la huelga del año pasado. Estuvo fuerte la cosa.

—Por allá no supimos de eso.

—No, me imagino que no. Estuvo fuerte, pero lo peor fue que a fin de cuentas todo quedó igual. Yo no sé si fue un error llamar a Albizu, pero...

—¿A quién?

—A Albizu Campos, el jefe de los nacionalistas.

—Ah.

—Yo no sé si fue un error, digo, porque parece que él estaba pensando en otra cosa. Pero la verdad es que nuestros líderes nos traicionaron. Yo siempre he sido socialista, ¿sabe?, pero la verdad es que habían vendido la huelga.

—¿Ah, sí?

—Por eso estoy retirado del partido desde entonces.

—Bueno, a mí esas cosas no me... Quiero decir, yo ni tan siquiera voto en las elecciones.

—Allá arriba no se interesan tanto en la política, según me han dicho.

—En los pueblos sí, pero yo hablo del campo. ¿Qué candidato se va a tirar hasta la sínsora donde yo vivo para conseguir un voto?

—¿Usted vive solo?

—No, yo soy casado.

—Entonces serían dos votos.

—Ah, no, yo no creo que las mujeres deban meterse en eso.

—Mm. Bueno, mire, ya llegamos —dice el negro deteniéndose frente a una casucha de madera y techo de cinc, que alguna vez estuvo pintada de verde, de un verde brillante sin duda, porque esos son los únicos colores que parecen gustar por aquí, pero humillado ya hasta el gris por las lluvias y los soles. Una mujer, metida en años y en grasas, negra también, en chancletas, responde desde la puerta al saludo del visitante de a pie (el jinete sólo se ha quitado el sombrero, sin hablar):

—Dichosos los ojos, Gildo. Qué milagro.

—Antier pasé por aquí, pero todo estaba cerrado.

—Antier... —dice la mujer entornando los dichosos en un pequeño esfuerzo de concentración—. Sería por la tarde.

—Como a las cuatro.

—Ajá. Me mandaron a llamar para un trabajito. Ya tú sabes.

—Seguro. Usted siempre anda haciendo favores.

—Bueno, cuando uno tiene esta misión... ¿Y tú te imaginas dónde? En casa de unos blancos de la central.

—No me diga. ¿Así que por allá también jumea?

—¡Si te contara!

—Pues, hablando de favores, a eso venimos ahora.

—Tú dirás, mi hijo.

—Resulta que el amigo aquí va de camino y se le hizo tarde para almorzar en la fonda. A mí se me ocurrió que a lo mejor usted podía servirle algo.

—Bueno —dice la mujer mirando al desconocido a los ojos, con tanto desenfado que el hombre se cohíbe: porque así deben mirar los hombres, no las mujeres aunque tengan esa edad—. Si se conforma con comida de pobre.

—Lo que sea se apreciará, doña.

—Pues bájese y entre, para que descanse mientras espera.

—Bueno —dice Gildo—, entonces ya me voy. Mejor que aquí no va a comer en ningún otro lugar de este pueblo, seguro.

—Ave María, muchacho —dice la mujer riéndose (más de la cuenta, piensa el jinete)—. No me recomiendes tanto, que voy a quedar mal.

—Yo sé lo que digo. Hasta la vista, don.

—Adiós. Y gracias por el favor.

—No hay de qué. Y no vaya a meter el caballo en Guayama, que allí no hay donde dejarlo.

—No, no pienso entrar en el pueblo.

Más le vale, reflexiona el otro mientras se aleja, porque con esa pinta de jíbaro de la altura lo engatusa el primer vivo que se encuentre.

—Puede dejar el caballo en el patio, si gusta —ofrece la mujer—. Allá hay sombra. Y agua, si quiere darle; debajo del palo de mangó hay un balde.

—Sí, cómo no —mientras desmonta—. El agua se la doy después, cuando se refresque un poco.

La mujer ya no está en la primera pieza, la que hace de salita, cuando el hombre sube a la casa después de dejar el caballo en el patio. La oye decir desde el fondo de la vivienda, desde la cocina seguramente:

—Siéntese, que no tardo.

El hombre tiene sed y por un instante piensa en pedir un vaso de agua; pero se arrepiente cuando considera que dentro de poco va a comer. Se sacude con una mano los fondillos de los pantalones antes de sentarse en una mecedora con asiento y respaldo de mimbre, cuyo balanceo imprevisto lo incomoda en seguida. Cuando menos ya sé para qué sirve el embeleco, y se muda a una silla corriente, de madera sin pintar, que está en un rincón.

—¿A usted le gustan las barrigas de vieja? —pregunta la de la casa apareciendo de repente en el vano de una puerta. El hombre la mira desconcertado. La mujer afirma, sonriente:

—A Gildo le gustan calientitas.

El hombre empieza a ponerse de pie:

—Me va a perdonar, doña, pero yo...

—Con bastante azúcar y su poquito de canela es como quedan buenas...

La mirada del hombre va de la mujer a la puerta la calle y de la puerta otra vez a la mujer.

—...pero hay que saber escoger la calabaza, ¿sabe? Tiene que estar bien madura porque, si no, las frituras quedan sosas; y si está pasada de madura...

—¿Las... frituras?

—Las frituras de calabaza: las barriguitas de vieja. No me diga que no las ha probado nunca...

—Pues la verdad ... no, yo no...

—¡Ay, Virgen! —la mujer rompe a reír con todo el cuerpo, con las tetas sobre todo, desparramadas y flojas, piensa el hombre con disgusto—. ¡Lo que se habrá imaginado usted!

—No, doña —se defiende él apartando la vista de los promontorios bamboleantes—. Yo no pensé nada. Yo no tengo por qué pen...

—Bueno, bueno, vuelva a sentarse, que dentro de un ratito le sirvo —dice la mujer todavía riéndose, moviendo la cabeza, con esta gente de la altura nunca se sabe, y regresa a la cocina.

El sofocón deja al hombre con la boca seca y amarga, un buche de agua es lo que necesito, diantre de vieja malpensada, pero no se le ocurre ofrecérmelo, y vuelve a la silla rumiando su resentimiento. Al cabo de unos minutos, la necesidad de matar el tiempo lo mueve a pasear la mirada por las paredes de la habitación. En la de enfrente enmarcado pero sin cristal, un Sagrado Corazón de Jesús por cuyo rostro beatífico transita una mosca desaprensiva, atrae momentáneamente su atención calculadora: ¿cuánto podrá costar una cosa así? No llega a responderse porque inmediatamente repara en que la imagen es sólo una de tantas repartidas sobre las cuatro paredes en cromática profusión de aureolas, coronas, mantos, llagas, espadas y puñales. Debajo de una de ellas —la más espectacular: un muchachón carilampiño, con enormes alas, saya corta, calzado estrambótico y flamante espada pronta a caer sobre espantable engendro de murciélago y culebra— arde un velón en un vasito de inocente decoración floral. Santo tiene que ser, o ángel, para que le hayan salido alas y poder andar sin pantalones, cuantimás cucando a semejante bestia, y es ésta, más que la figura de su angélico adversario, la que suscita la incrédula curiosidad del que ahora se inclina hacia un lado en la silla para escrutar los detalles de la monstruosa anatomía. Ni escamas ni pelambre sobre la pelleja repugnante, prieta como la noche y fría de seguro al tacto, como cuero de víbora o sapo concho, pero con una descomunal bocaza que como no se ponga listo el carilindo de la espada...

San Miguel Arcángel venciendo al Enemigo Malo —explica sobresaltándolo la mujer que regresa con un plato en cada mano y se detiene sonriente frente a la imagen—. Es mi santo favorito porque encabeza la lucha contra el mal como príncipe de las milicias celestiales.

—Aaahh —y no se da cuenta de que ha abierto la boca casi tanto como el feróstico de la estampa.

—El Enemigo Malo en forma de dragón, ¿ve? —y acerca al de marras el borde de uno de los platos, el que contiene las barrigas de vieja justamente—. En esa misma forma lo mandó al infierno con todos sus compinches.

—¿Entonces no llegó a matarlo? —se sorprende él mismo preguntando.

—Bueno... matarlo como para dejarlo muerto, desde luego que no, porque entonces no habría quien siguiera tentando a los pecadores. No, claro que no lo mató. Lo mandó al infierno bien achocado y desde allá sigue tratando de hacernos caer en tentación porque ésa es su misión en la vida eterna, pero siempre con permiso del Señor porque... ¡Ay, Virgen, pero se le va a enfriar la comida! Perdone.

—No, no se apure; está bien.

—Bueno, pues pase por aquí para que se acomode en la mesa.

—¿Mesa? No, doña, mejor aquí mismo —dice él extendiendo la mano.

—¿Aquí? Pero es que son dos platos.

—Póngalo todo en uno y ya está.

Ella vacila un instante, pero acaba accediendo a la petición del hombre; y las frituras de calabaza van a dar sobre la generosa porción de arroz junto a las habichuelas blancas y la carne guisada.

—Ahora le traigo los cubiertos.

—Una cuchara, si me hace el favor.

—¿No quiere cuchillo?

—No, la cuchara nada más. Y un vaso de agua, si no es molestia.

—No, qué va a ser.

Cuando regresa a la salita, con pasos apresurados que hacen sonar las chancletas como palmadas en las tablas del piso, el hombre está esperando con el plato sobre las rodillas. Deposita el vaso en el piso, junto a la silla, y empieza a comer sin levantar la vista, como si estuviera solo. La mujer lo observa durante unos segundos, alzando las cejas, se ve que no tuvo quien le enseñara, bendito, y va a sentarse en la mecedora, aspirando con fuerza. El hombre sigue comiendo, incómodo sin demostrarlo, apuesto a que me está mirando, ojalá que no se ponga a hablar.

—¿Quedaron buenas las frituras? —pregunta la mujer.

—Buenas —dice él con la boca llena, sin mirarla.

—No me tardé mucho porque la calabaza ya estaba sancochada. Y era grande: el resto me lo como yo a la noche. Lo otro ya estaba hecho; nada más se lo volví a calentar.

Él se da por enterado moviendo la cabeza. Ella señala con una mano:

—¿No le molesta el machete? Si quiere se lo puede quitar.

Él deglute un bocado antes de contestar, acompañando las palabras con una mirada que no dura más de lo que tarda en pronunciar aquéllas:

—No, no me molesta. Estoy impuesto.

—Bueno —acepta ella, y no vuelve a decir palabra hasta que el hombre termina de comer.

Pero justamente entonces, cuando él (después de tomarse toda el agua sin apartar una sola vez el vaso de los labios) se limpia la boca con el dorso de la mano, ella cierra súbitamente los ojos y estremece todo su cuerpo en un sacudimiento convulsivo. El hombre alcanza a advertir el extraño movimiento y, con el vaso todavía en la otra mano, se queda mirándola con aire de perplejidad.

—Ay, Dios mío... —musita la mujer moviendo apenas los labios, sin abrir los ojos, y el hombre se recoge inconscientemente sobre sí en la silla. Ella alza los hombros y echa la cabeza hacia atrás con lentitud casi voluptuosa, aspirando profundamente y exhalando a continuación un largo gemido, como abrumada de pronto por una gran fatiga.

—¿Qué le pasa, doña? —pregunta el hombre con desconfianza, ladeando instintivamente el rostro hacia la puerta.

—Ay, Dios mío... —vuelve a susurrar ella, al tiempo que mueve la cabeza de lado a lado en una aparente denegación sin fuerza, más bien como para librarse de un dolor que le atenazara el cuello.

El hombre deposita el vaso vacío en el piso, junto a la silla, cuidando de no hacer ruido y manteniendo la mirada fija en la mujer, cuya voz, ahora, sube inesperadamente de tono y articula rápidamente las palabras con un acento que el hombre, cada vez más desconcertado, no recuerda haber escuchado nunca:

—El señor sea contigo, hermana, y con todos los que son en este hogar el día de hoy. Yo viene como siempre en tu auxilio, hermanos, y saludo a todos en nombre de Dios nuestro Señor y los espíritus del bien que obedecen su divina voluntad...

El hombre se pone de pie sin pensarlo, con la respiración cortada, y el plato que descansaba en sus rodillas cae haciéndose pedazos en el piso. El estrépito que lo sobrecoge parece pasar inadvertido para la mujer cuya cabeza se mueve ahora enfáticamente de arriba abajo, como asintiendo con honda convicción a sus propias palabras.

—...que es ver reinar paz y amor y comprensión entre todos los hombres. En nombre del Señor, hermanos, reciban a esta hermana Mary que viene del más allá...

Brujería, maldita sea, se dice el hombre sintiendo que un repeluzno le contrae el cogote, vine a caer en casa de una bruja. Me largo, me largo ya mismo, y llega a dar un paso hacia la puerta, pero... ¿y cómo le pago la comida? ¡La comida! ¿Qué me habrá echado en la comida? ¿O en el agua? Maldita sea...

—...trayendo ayuda y consuelo para todos los necesitados. ¡Hermano!

—¡Eh!

—¡Siéntate, hermano!

—Mire, doña, yo...

—Hermana Mary te habla y dice siéntate. Por ti me mandan el día de hoy.

—¿Por mí?

—Yo dice que por ti, ¿tú no entiende española? ¡Siéntate!

Casi sin darse cuenta el hombre obedece, mientras siente que la comida se le va volviendo una piedra en el estómago. La mujer respira hondo y vuelve a mover la cabeza, otra vez de arriba abajo, como para mostrar su satisfacción por el cambio de actitud del hombre.

—Yo viene por causa tuya, sí —dice ahora en tono sosegado, pero con las facciones todavía endurecidas por el reciente enojo—. Tú estar necesitado de consejo, hermano. Tú quiere venganza pero no tiene razón contra esos hermanos inocentes que tú busca. Hermana Mary te dice piensa dos veces para que los ojos de tu mente puedan ver verdad. Esa mujer no te quiere y tú tampoco la quiere a ella, pero tú tiene que preguntar por qué. Tú tiene que preguntar tú mismo en tu conciencia para que tú pueda saber por qué.

El hombre se endereza en la silla como si alguien acabara de golpearlo a mansalva, y tú cómo lo sabes, vieja bruja, a quién le preguntaste tú o quién vino a contártelo, y empieza a ponerse nuevamente de pie.

—Tú no quiere saber verdad y por eso quiere seguir ciego. Pero si tú no abre los ojos para ver cosas como son, hermana Mary te dice que ese odio que tú lleva dentro como una enfermedad va a ser tu perdición. Siéntate y oye lo que tengo que decirte. Esa mujer piensa que ya no te quiere pero ella misma no sabe lo que pasa en su cabeza. Y el otro no tiene la culpa de nada de eso, ¿tú entiende? Pero otra mujer te quiere y te está esperando, te lo dice esta hermana que está viéndola.

El hombre ya no se contiene:

—¡Doña, dígame cuánto le debo por la comida!

—Otra mujer te está esperando, óyeme bien. ¡Ella puede salvarte y tú no la está dejando!

El hombre se mete la mano en un bolsillo y saca una peseta. La arroja al regazo de la mujer que todavía no abre los ojos y cuyas facciones vuelven a endurecerse cuando exclama:

—¡Guarda tu dinero, hombre sin cabeza! ¡Deja tu pensamiento malo y saca odio de tu alma!

El hombre, ya en la puerta, ya en los escalones, ya en el patio desatando las riendas del caballo, sólo es capaz de escucharse a sí mismo, si sabe todo eso es porque alguien vino a contárselo, y ellos dos nada más pueden contarlo, así que tuvieron que pasar por aquí y entonces yo voy... Pero la otra mujer, se detiene con el pie en el estribo, no, eso no pueden saberlo ellos, eso sólo yo... Montado ya, maldita sea, lo que quieren es volverme loco para que no pueda encontrarlos... Ya en el camino, pero ni con brujerías van a pararme, la confusión y la ira le impiden recordar que todavía no le ha dado agua al caballo.

La profusión de ruidos a los que no está acostumbrada no puede menos que aturdirla, reconoce con una desazón que trata de ocultar apretando los dientes y manteniendo la mirada baja: los motores de automóviles y camiones que a cada rato, cuando menos se lo espera, la espantan con estampidos súbitos y secos como escopetazos; el destemplado coro de bocinas que le encrespan los nervios estragados ya por la incertidumbre y la ansiedad de los tres días de viaje sin término previsto; y sobre todo el bullicio humano: ¿por qué toda esta gente (no es toda, en realidad, pero *parece* toda) sólo es capaz de hablar al mismo tiempo, como si nadie escuchara a nadie y tal vez por eso alzando la voz casi hasta el grito?; ¿por qué gesticulan sin cesar con todo el cuerpo, hasta con las piernas, como quien trata de librarse del asedio de una avispa?; ¿por qué en las casas donde tienen prendido un radio no se conforman sino con el estruendo que alcanza a las aceras? Allá, piensa la mujer, sólo se grita cuando lo requiere la distancia, y aun entonces es otra manera de gritar: allá se mueve el cuerpo por simple y natural necesidad de hacer lo que hay que hacer, no para llamar la atención de nadie, no para...

Un tropezón con alguien que avanza en dirección contraria la obliga a asirse al brazo de su compañero, que vuelve rápidamente la cabeza para mirarla con expresión de alarma. Ella lo suelta en seguida y recobra el paso, sin devolver la mirada que sólo ha advertido de soslayo, reacomodando con apurado disimulo el pie dentro del zapato que ha estado a punto de zafársele. Es un viejo zapato, del único par que posee y que ahora la hace pensar en su padre porque fue él quien se lo trajo del pueblo cuando a ella la invitaron a su primera fiesta en casa de unos vecinos. Era celebración de casorio y se sabía que iba a haber baile: de ahí la necesidad de los zapatos. En ese baile conoció a Rosendo. Pero ahora la mujer se esfuerza por que sus pensamientos, al igual que su pie, vuelvan a los límites seguros donde ella prefiere mantenerlos.

No es sólo el ruido lo que exacerba su inquietud. Es también, especula, la falta de espacio abierto, este apretujamiento callejero que aprisiona todos sus sentidos, racionando el alcance de su vista y el aire mismo que respira, compartido forzosamente con la masa de desconocidos que fluye como río revuelto en torno de su desasosiego. ¡Y el calor, Dios mío! ¡Si hasta la mezquina porción de aire que le toca sólo sirve para resecarle la garganta torturada hace rato por la sed! Espacio y aire fresco que aquí faltan y allá sobran, se dice. Ni una cosa ni otra, sin embargo, sobraba en casa de los vecinos la noche del baile cuando ella entró caminando con cierta dificultad sobre los tacones de sus zapatos nuevos. Pero con la vista levantada, eso sí, porque no podía ser motivo de bochorno el saberse bonita y bien presentada. El hombre, blanco y delgado, no demasiado joven, que se hallaba de pie en un rincón con las manos metidas en los bolsillos del pantalón muy almidonado, debió de pensar lo mismo porque desde que la vio no le quitó los ojos de encima. Tan pronto ella saludó, después que lo hicieron sus padres, a los dueños de la casa y felicitó a los novios, él se le acercó para invitarla a bailar. Estaban tocando un seis zapateado y ella temió por el calzado que estrenaba, pero ni por un instante pensó en rechazar la invitación.

—Ya estamos cerca —oye que dice en ese momento su acompañante, y más que el sentido de la frase le agradece la interrupción del recuerdo casi involuntario, ingrato de seguro, pero tenaz a pesar de todo.

—Me acuerdo bien —añade el otro—. Es un cafetín frente a una fonda en la plaza del mercado.

Ella asiente con la cabeza, sin palabras, sintiendo que una gota de sudor le desciende desde la frente hasta la punta de la nariz. Aprovecha la ocasión de enjugarla con el pañuelito que lleva apretado en un puño para aspirar aire por la boca sin hacer visible el diente partido que tanto la cohíbe. El percance lo sufrió aquella misma noche, cuando regresaba de la fiesta a su casa y el tacón de un zapato se enredó en un matojo oculto en la oscuridad. Cayó de bruces, antes de que el padre acertara a sujetarla, y dio con la boca sobre una piedra cuya superficie plana no alcanzó a partirle el labio pero sí a quebrarle la mitad inferior del diente. El reproche de la madre llevaba implícita la explicación del accidente: "Eso te pasa por andar con la boca abierta". Desde ese momento aprendió a mantenerla cerrada, al precio inclusive de hablar poco y con la cabeza inclinada, lo que no tardó en ganarle fama de sumisa y comedida. Pero aquella noche lloró durante varias horas, imaginándose afeada para siempre. Con el corazón en la boca adolorida vio llegar al día siguiente, a caballo y con sombrero pueblerino, al galán de la noche pasada. Sombrero en mano anunció que sólo iba de paso y no quería dejar de saludar a sus padres. Éstos lo recibieron como era de esperarse, invitándolo a pasar y tomar una taza de café. Él aceptó disculpándose por la molestia que causaba, para escuchar en seguida que de ninguna manera, no faltaba más. No fue larga la visita ni se trató en la conversación ningún tema ajeno a la fiesta de la noche anterior y la próxima recogida del café. Sólo una vez aludió el visitante a su condición de forastero: cuando afirmó que le gustaría comprar una finquita "por acá" y ya he visto dos o tres que no están mal pero quiero seguir buscando. Eso lo dijo mientras le entregaba la taza vacía a la muchacha, mirándola apenas un segundo antes de dirigirse a los padres agradeciéndoles la invitación y prometiendo regresar tan pronto se lo permitieran sus ocupaciones, porque además de la finquita, añadió, estaba negociando la compra de unas cosechas. Parece hombre serio, comentó la madre apenas lo vio marcharse, y anoche bailó más contigo que con ninguna otra muchacha, atisbándola hasta que su silencio acabó por impacientarla, lo que se te partió fue un diente, no la lengua. Déjala quieta, intervino el padre, ese hombre iba de paso, no hay que imaginarse otra cosa. Y la madre, llevándose las tazas a la cocina, el tiempo lo dirá, ya verán si no.

—Si no encontramos a tu amigo, ¿qué vamos a hacer? —la pregunta alivia momentáneamente la tensión de la mujer, pero la respuesta del muchacho sólo hace más evidente la precariedad de ese alivio:

—No sé. Habrá que pensar en otra cosa. ¿Estás muy cansada?

—No mucho. Pero tengo sed.

—Allá mismo puedes tomarte un maví. Me acuerdo que lo hacen bueno.

Y en ese preciso instante descubre que se halla frente a la entrada del cafetín.

Buenas, don Rufo. El mulato aparta la vista de las fichas de dominó que acuna en ambas manos para dirigirla al recién llegado, y éste advierte en seguida, en la falta de expresión de su mirada, que no lo ha reconocido.

—Yo... Bueno, usted no...

—¡Eh! —el semblante del otro se anima de repente y sus manos descienden en un movimiento rápido, produciendo un ruido como de detonación al depositar las dos hileras de fichas sobre la mesa, perfectamente alineadas y con los puntos blancos hacia abajo—. ¡Muchacho! De momento no te reconocí.

—Bueno, es que...

—¡Siéntate, hombre!

—Gracias, pero... yo quisiera... si no es mucha molestia...

Desde la mesa donde él la ha dejado después de ordenar un maví, la mujer observa de reojo los movimientos del mulato, que ahora les dice algo a sus compañeros de juego y se pone de pie, echándole un brazo por los hombros al muchacho y caminando con él hacia el mostrador.

—¿Qué me cuentas?

El primer sorbo de maví hace pestañear a la mujer: nunca ha probado algo tan frío.

—Tengo un problema, don Rufo.

—Tumba el don, muchacho. A mí todo el mundo me dice Rufo. ¿Una cerveza?

—No, gracias. Mejor un maví.

—Una cerveza y un maví —le dice Rufo al dependiente—. ¿Así que tienes un problema?

La mujer conserva el segundo sorbo en la boca durante unos segundos, hasta que una muela empieza a dolerle, y advierte que Fico habla ahora con la vista puesta en el vaso que tiene por delante mientras Rufo escucha mirándolo de frente, hasta que de pronto el mulato vuelve la cabeza ligeramente hacia ella, y cuando sus miradas se encuentran ambos las desvían instantáneamente: ella para fijarla en su vaso, él para dirigirla una vez más al rostro del muchacho. Ya le habló de mí, ya se lo dijo, ahora debe estar pidiéndole el favor.

—Bueno... —dice Rufo rascándose una oreja—, yo creo que eso puedo arreglarlo, por unos días cuando menos. Pero... dime una cosa. ¿Ustedes han sabido algo del marido?

—No. Él no estaba en la casa cuando nos fuimos.

Rufo deja de rascarse la oreja pero frunce los labios en un gesto de preocupación.

—No estaba en la casa cuando ustedes se fueron —repite como para sí—. Entonces ya me imagino... Mira, esas cosas no se ven por allá de la misma manera que las vemos por acá, ¿tú me entiendes? Si a mí se me va una mujer que ya no quiero, es como si... ¿qué te diría?... como si me quitara una carga de encima. Capaz que haga una fiesta en lo que empiezo a buscarme otra. Pero un jíbaro de ésos... Lo primero que piensa es que lo deshonraron y tiene que vengarse y... Bueno, pero ése no es tu problema ahora mismo. De cualquier manera no te descuides, porque nunca se sabe.

—Sí, seguro.

—Ahora, en cuanto a lo otro...

—No, no es en el pueblo —explica él cuando ya están en la calle—. Es un ranchito en el campo, pero no está muy lejos.

—¿Él es el dueño? —pregunta la mujer.

—Lo tiene alquilado, pero nunca va por allá. El encargado es un amigo, pero ya sé lo que tengo que decirle. Podemos quedarnos todo el tiempo que haga falta.

—¿Allí no vive nadie?

—No. El amigo de Rufo vive en el pueblo.

—¿Entonces no vamos a poder entrar hasta que él llegue?

—Vamos a entrar porque Rufo también tiene llave del candado y me la dio.

¿Qué más tendré que explicarle? Antes casi no hablaba y eso hacía que todo fuera más fácil. Casi todo. Lo más importante es lo que falta y ella lo sabe tan bien como yo. Y mientras eso falte no puede estar tranquila y por eso está preguntando tanto. Pero mientras más piense yo en eso, menos voy a...

—¿Vamos a ir a pie?

—¿Cómo? Ah, no. A la salida del pueblo cogemos un carro público. Pero después sí vamos a tener que andar un poco porque aquello está bastante apartado de la carretera.

Tiene ganas de llegar, y en parte será porque está cansada pero también tiene que ser porque está pensando en eso. Yo mismo le dije anoche que así a campo abierto nunca he podido por el miedo de que pase alguien y vea lo que no tiene que ver. Y más estando la luna así, con tanta luz que la noche parece día. Pero la verdad es que me pasó lo de siempre: hasta el último momento estaba seguro de que iba a poder, y entonces... En ese momento siempre me pongo a pensar, empiezo a acordarme de las otras veces y ya no puedo, por más que quiera. Cuando ella me dijo que eso no tenía importancia, que lo que pasaba era que yo estaba muy cansado, lo dijo por consolarme. Porque yo no estaba cansado el día que se me metió en la tormentera cuando el marido estaba en el pueblo. Eso fue dos días después de que me dijo que quería irse conmigo y yo la dejé hablando sola. En la tormentera tampoco pude, y entonces me dijo que así era mejor porque eso la hacía ver que yo no quería aprovecharme de ella. Que yo no quería aprovecharme de su amor, así dijo, y en seguida se echó a llorar. La verdad es que yo no debería estarme acordando de eso ahora. Si pudiera olvidarme de todo eso, y de todo lo que pasó antes de eso, seguro que no tendría este problema. Lo malo conmigo es que todo lo llevo en la cabeza y no sé cómo sacármelo de ahí. Pero ahora voy a tener que hacerlo, porque esta noche vamos a dormir juntos y va a ser la tercera vez que yo trate y dicen que a la tercera va la vencida...

—¿Falta mucho, Fico?

—No, no. Allí están los carros públicos. Vamos a ver cuál sale primero.

—Qué bueno, porque ya no aguanto los zapatos.

El otro llegó al atardecer, con un bulto bajo el brazo. No lo reconoció mientras se acercaba por el camino porque traía sombrero puesto, pero tan pronto lo tuvo por delante y lo vio sonreír pudo anticipar el tono exacto de su voz.

—Buenas —el otro evidentemente contaba con el reencuentro, por la tranquilidad con que saludó—. ¿Así que otra vez por aquí?

La falta de respuesta inmediata pareció hacerle gracia, porque su sonrisa creció y en el fondo de su garganta se produjo un levísimo cloqueo.

—Parece que no me esperabas. ¿Rufo no te dijo?

—S-sí, señor —tartamudeó él por fin, conteniendo el impulso de volver la cabeza hacia la vivienda.

—Bueno, ya estoy enterado. Yo vi a Rufo después que habló contigo. Oye, espero que no te moleste verme por aquí.

—No, qué va a ser. Al contrario: le agradezco...

—Nada de eso. Al fin y al cabo ya somos socios, ¿no? —y sólo entonces le tendió la mano—. Francamente, yo no esperaba que me hicieras el favor que te pedí allá adentro.

—Bueno, yo...

—Ya sé, ya sé. Rufo me lo mandó a decir antes de que yo saliera. Fue una buena ayuda y ahora nos toca a nosotros ayudarte a ti.

Él movió la cabeza en señal de aceptación, y después de un breve silencio el otro preguntó:

—Bueno, ¿y qué? ¿Cómo te ha ido?

—Bien. Ahora ... bueno, ya Rufo le habrá contado.

—Sí. Es lo que yo te decía aquella vez: a uno nunca le faltan problemas y la cuestión es aprender a bregar con ellos. ¿Ella está ahí adentro?

—Sí. Si quiere la llamo para que...

—No quisiera molestarla, pero tengo que guardar este paquete. Rufo y yo alquilamos este ranchito para no tener que dejar las cosas debajo de las piedras, ya tú sabes.

—Sí, seguro. Pero, mire, mejor la llamo para que usted no pierda tiempo.

—Bueno, si tú quieres. Pero antes déjame decirte una cosa. Aquí pueden quedarse todo el tiempo que quieran. Para mí es mejor: así se ve que aquí vive alguien.

Los dos hombres que están sentados a una de las mesas del cafetín, con sendos vasos de cerveza por delante, no advierten la entrada del desconocido hasta que éste pasa junto a ellos para dirigirse al mostrador. Entonces uno de los hombres, el de cabellera abundante, carrillos mofletudos, bigote recortado y ojos pequeñitos, toca con el codo al otro, cuya calvicie incipiente, en lugar de avejentarlo, se confabula con la tersura sonrosada de su cutis para dar a su semblante un aire de gnomo juguetón, y le dice:

—¿Te fijaste?

—¿En qué? —pregunta el otro, propenso como es a la distracción ocasional.

—El jíbaro que acaba de entrar. Míralo allí, en el mostrador.

—¿Qué tiene? —y vuelve ligeramente la cabeza en la dirección indicada.

—Parece salido de un verso de Lloréns. Con machete y todo. A lo mejor dejó el caballo en la acera.

El caballo es lo que le preocupa, y por eso no reparó en la mueca del dependiente cuando le preguntó qué deseaba y él pidió un vaso de agua. Pero tenía razón el negro: aquí no se podía entrar con un caballo. Se lo dejó encargado, en las afueras, a unos desconocidos que prometieron cuidárselo por un par de días, y ese lapso, calcula él, le bastará para saber si anda por donde debe andar o si va descaminado. "De un barrio cerca de Guayama", había dicho el otro cuando le preguntó de dónde era el día que llegó buscando trabajo. En dos días no será difícil averiguar qué barrios hay cerca del pueblo, y después será cuestión de volver por el caballo y voltear cada barrio hasta que...

—Lloréns ha hecho lo suyo, Luis —dice el candidato a calvo—. Y no lo ha hecho mal.

—No lo niego. Pero ahora hay que hacer otra cosa, porque el país se aleja cada vez más de eso —dice el de la cara gruesa señalando con la sien hacia el mostrador.

...hasta que dé con ellos y haga lo que tiene que hacer para poder seguir viviendo sin despreciarse cada uno de los días que le quedan por delante hasta la hora de su muerte. Se pregunta cuántos hombres serán capaces de cumplir con esa obligación y reconoce que no puede contestarse, pero de una cosa está seguro: su padre y su abuelo habrían hecho lo mismo, y él no va a ser el primero de su nombre al que le tiemble la mano en el momento de...

—Yo no estoy defendiendo el criollismo, ¡por los clavos de Cristo! Pero una cosa es reconocer que en este país hay muchos negros, para lo cual sólo hace falta tener ojos en la cara, y otra muy distinta es sostener que nuestra cultura es más africana que europea.

...en el momento de demostrarle al mundo que la honra de un hombre no es juguete en manos de una desvergonzada y de un badulaque que no sabe dar la cara para pelear por lo que quiere. No, no le va a temblar la mano cuando llegue ese momento, pero sabe que no va a ser fácil. Y precisamente porque no va a ser fácil es por lo que no puede dejar de hacerlo. Porque si no fuera difícil cualquier infeliz podría...

—Ni una cosa ni la otra, sino antillana, étnica y espiritualmente mestiza. Pero aquí lo que se ha hecho es ignorar al negro. Dime si en nuestra literatura no hay que buscar a los negros con lupa.

—Es natural. Si el negro puertorriqueño es puertorriqueño es porque se ha occidentalizado. Si no, seguiría siendo africano.

...cualquier infeliz podría hacer lo mismo y no habría ningún mérito en su acción. Y, a pesar de todo, hubiera preferido no tener que llegar a esto. No se le oculta, no se le ha ocultado nunca, que el hombre que mata, por mucha justificación que tenga, queda marcado para siempre. Marcado ante sí mismo y ante los demás por una deuda que sólo podrá saldar al término de sus días en este mundo.

—¿Y por qué los puertorriqueños blancos no seguimos siendo europeos?

—Porque somos criollos y los criollos somos hijos de Occidente, de la cultura de Occidente.

—Somos mulatos, Pepe, hijos de un afortunado mestizaje. Si los negros en este país se han occidentalizado, los blancos, en la misma medida, se han africanizado. Todos bailamos como negros, andamos como negros, fornicamos como negros...

—¿De modo que *eso* también lo aprendimos con ellos?

Eso tienen que haberlo hecho antes de que se fugaran, piensa el hombre ahora, frente al vaso donde todavía queda la mitad del agua, demasiado fría para su gusto. Nadie se lleva una mujer si ya no la ... si no la ha conocido ya como mujer. Aunque sea un Juan Lanas, porque en eso nadie es un Juan Lanas después de los quince años. Seguro que se aprovechaban cuando yo bajaba al pueblo. Eran las únicas ocasiones que tenían. A menos que... A veces iban a recoger café los dos, cada uno por su lado según ellos, y yo se lo creía. Por allá quién iba a verlos. O cuando ella iba a buscar agua al manantial. Desde que él llegó empezó a tardarse más cada vez que iba por agua.

Ahora que me acuerdo: un día tardó tanto que yo salí a buscarla. Me la encontré cuando venía bajando y me dijo que se había parado a descansar. Ahora también me acuerdo: tenía los ojos colorados, como si hubiera estado llorando, pero yo no le dije nada. Ya me había acostumbrado a verla llorar sin que dijera por qué, y no le preguntaba porque pensaba que eso era lo que ella quería, que yo le preguntara para entonces empezar a quejarse de la vida que yo le daba. Así decía: de la vida que yo le daba, como si pudiera darle algo mejor con lo que dejaba aquel cafetalito arruinado. Ni yo ni nadie. Pero nunca entendió eso: un día llegó a decirme que yo me había casado con ella por la finca. Me dieron ganas de... Pero me aguanté y sólo le dije que por una miseria como aquélla no era yo capaz de vendérmele a nadie, menos a una mujer. Si no me hubiera aguantado esa vez y le hubiera dado la bofetada que se merecía, no hubiera tenido que hacerlo después, cuando me faltó al respeto delante del otro. Fue la única vez que le puse la mano encima, pero ya era demasiado tarde. La cosa es que cuando se ponía a llorar yo no le hacía caso. Pero aquel día, cuando me la encontré bajando del manantial, no se me ocurrió que había llorado sin que yo estuviera viéndola. Ni se me ocurrió eso ni malicié nada. Por eso dicen que el último que se entera de los malos pasos de una mujer es el marido. Pero tiene que ser así porque al marido es al que más se le esconden esas cosas, claro. Por eso el último que se entera es él, no porque sea más zángano que nadie. Por eso yo...

La voz de alguien que se acerca en ese momento al mostrador corta el hilo de sus pensamientos. Lo oye hablar antes de verlo, porque el otro viene desde el fondo del recinto y cuando se detiene frente al mostrador queda a su lado:

—Dame una cerveza, Angelito.

—No se hubiera molestado —dice el dependiente—. Yo podía llevársela.

—Es que tenía que moverme un poco. Ya se me estaba durmiendo una pierna.

Ahora lo mira con disimulo, ladeando apenas la cabeza. Es un mulato de ojos verdes, con camisa blanca y un pañuelo también blanco entre el cuello de la camisa y la piel sudorosa.

—Está fuerte la calor, ¿verdad? —le dice al dependiente.

—Sí, hombre. Y eso que las Navidades ya están encima, como quien dice. Un hermano mío que vive en Nueva York me escribió que por allá ya está nevando.

—Entonces más vale estar aquí, aunque sea sudando.

—¿Usted ha estado en Nueva York?

—No, pero me imagino lo que es aquel frío. ¡Y yo que no aguanto ni el de Barranquitas! Hace como un año pasé una noche allí y el frío no me dejó dormir. Será por lo que decía mi abuela.

El dependiente interroga con la mirada.

—Que mi bisabuelo había venido de África. Y allá hace más calor que aquí.

—¡Cristiano! Entonces aquello será un horno.

—Por eso los africanos nacen con el pellejo tostadito —dice el mulato riéndose.

—Ah, sí, será por eso —dice el dependiente sonriendo a su vez—. Mire, a mí no se me había ocurrido. Oiga, y ... cambiando el tema... ¿ese muchacho que pasó por aquí esta mañana no es aquel mismo que vino buscándolo a usted hace un par de meses? ¿Aquél que acababa de salir de la nevera y no sabía adónde ir?

—Sí, es el mismo.

—Ya decía yo. Me acordaba de él por aquello de que no sabía...

—Y ahora tampoco sabe.

—¡No me diga! ¿Y por dónde andaba desde entonces?

—Ése es el problema. Sucede que se fue a la altura a recoger café, pero no se conformó con el café y recogió una mujer.

—¿Una mujer? ¡Adiós...! Mire, ¡y quien lo ve!

—Una mujer casada.

El hombre que va llevándose el vaso a la boca para acabar de tomar el agua que ya no debe de estar tan fría, detiene el ademán y la respiración a un tiempo.

—¡Casada! —dice el dependiente—. Entonces se buscó un problema.

—Por eso vino. No tiene dónde meterse con la hembra y quería ver si yo podía ayudarlo.

—¿Y qué le dijo usted?

El hombre aguza el oído mientras se lleva lentamente el vaso a los labios. Pero la mano le tiembla y el agua se le escurre por una comisura.

—Bueno, Leonardo y yo alquilamos hace poco un ranchito por Carite y allí no está viviendo nadie ahora. Así que le di la llave del candado y le dije que se fueran para allá.

Carite, se dice el hombre mientras deposita el vaso sobre el mostrador. Por ahí pasé ayer cuando venía bajando de Guavate. Pero ellos todavía no podían estar allí. Carite... Mira cómo vine a saberlo. Carite ... Y eso no está tan lejos.

—Ah, bueno —dice el dependiente—. Pues tuvo suerte. Pero, "¿y el marido de la mujer... "

—Eso mismo le pregunté yo. Me dijo que ellos se fugaron cuando el marido no estaba en la casa.

—Entonces a lo mejor anda buscándolos. Eso sí que sería un problema, porque esa gente de la altura... —el dependiente trunca la frase para dirigirle una mirada rápida al hombre que pidió el vaso de agua, pero sólo alcanza a verle la espalda porque ya va caminando hacia la puerta de salida.

Al pasar junto a una de las mesas oye, sin escucharlas, las palabras de uno de los dos hombres que conversan frente a sus sendos vasos de cerveza:

—En resumidas cuentas, Luis, que en esta minúscula islilla coexisten dos mundos. El de Lloréns y el tuyo. Cántele cada cual al suyo lo mejor que pueda. Salud.

Esta noche lo agarramos, ya verás —dice el primer policía, que es cabo.

—¿Y si no va esta noche? —dice el otro—. ¿Usted está seguro de que va a ir?

—Seguro no, pero tengo la corazonada. Y si no va esta noche, va otra. Tiene que ir, porque allí es donde lo guardan todo ahora.

—Si fuera con el socio ...

—No —dice el cabo—. El mulato sabe cuidarse: se pasa la vida jugando dominó. Por eso no tenemos pruebas contra él.

—Hasta que lo cojamos vendiendo algo. Porque ésa es la parte del negocio de que se encarga él, ¿verdad?

—Ajá. Lo difícil va a ser encontrar testigos.

—Pero si le echamos mano al otro, a lo mejor lo hacemos cantar.

—Seguro que va a cantar. Va a cantar como un ruiseñor. De eso me encargo yo.

—Ah, bueno. ¿Y desde dónde lo vamos a velar?

—Desde la pieza de cañas que está detrás del rancho.

—¿No está un poco lejos?

—Un poco. Pero hay luna. Eso nos va a ayudar. Esta noche lo agarramos, ya verás.

El caballo avanza a paso lento, tranquilo porque el jinete ha aflojado las riendas y la luna ilumina generosamente la senda casi llana. Pasada la medianoche, sólo uno que otro coquí se obstina en su canto aislado. La intermitente ululación de un múcaro parece responderle con intención burlona. El jinete, cabizbajo y con la vista posada entre las orejas del caballo, resiente su soledad y la combate repasando mentalmente sus actos durante las últimas horas. Cuando salió del cafetín caminó hasta llegar a la primera esquina y allí se detuvo unos minutos, ajeno al bullicio que lo rodeaba, tratando de poner orden en sus pensamientos ofuscados. Lo primero que hay que hacer, se dijo, es averiguar por qué lado del pueblo es más fácil salir hacia Carite. Le preguntó a un transeúnte y éste le dio la explicación en dos o tres frases entrecortadas por la prisa. La indicación final de que allí podía encontrar un carro público le hizo pensar que los fugitivos, cansados y deseosos de ganar tiempo, probablemente habían recurrido a ese medio de transporte. Llegado al lugar donde los automóviles estacionados aguardaban su turno de salida, el cuarto chofer interrogado confirmó su conjetura. Él mismo había llevado a aquellos pasajeros en uno de sus viajes de la mañana: sí, se acordaba ahora, el último antes de mediodía porque a la vuelta se fue a almorzar. Se acordaba también, mire lo que es la casualidad, del diente partido de la pasajera. Y es que uno aprende a fijarse en esos detalles porque después a lo mejor alguien pregunta, así como usted ahora, ¿verdad? ¿Son parientes suyos? Sí, ella es mi hermana, le dijo, ¿y se acuerda dónde se quedaron? Cómo no, me acuerdo porque fueron los primeros que se apearon, pasando el kilómetro ocho, donde hay un camino que sale de la carretera. ¿Usted conoce ese... Pero él lo interrumpió dándole las gracias y se alejó rápidamente para evitar que la conversación se prolongara. Entonces fue por el caballo.

Ahora no siente lo que pensó que iba a sentir en este trance, la verdad. Pero, ¿qué siente ahora? Nada que pueda explicarse a sí mismo fácilmente, en todo caso: algo más próximo a la resignación que a cualquiera de los sentimientos previstos en sus cavilaciones sobre el acto que tal vez está a punto de cumplir. ¿Será porque todavía no tiene la certeza de que va a encontrarlos esta noche? Por aquí puede haber más de una vivienda, se dice, y no era cosa de dejarse ver haciendo averiguaciones por la tarde. Dos riesgos inaceptables había en ello: espantar la pieza en el último momento y crear testigos de su presencia en el lugar. Ese último riesgo lo había corrido a sabiendas al interrogar a los choferes en el pueblo, pero eso había sido inevitable. De todas maneras, piensa (y en ese razonamiento reside el sentido exacto de su resignación), lo que suceda después de esto será lo que tenga que suceder. Desde ahora estoy obligado a saberlo, porque si algún día tengo que pagar por ser el hombre que soy ahora, no voy a poder pagar dejando de ser ese mismo hombre. Y ya no piensa más porque en ese momento, al advertir que el caballo mueve nerviosamente las orejas, alza la vista y descubre a unos cien metros por delante un ranchito detrás del cual hay una pieza de cañas.

—¿Ya ves que yo tenía razón? —dice la mujer sentándose en la orilla del camastro y apartando con un movimiento de la mano los cabellos que se le han adherido a una mejilla. Su cuerpo desnudo no vence todavía la fatiga producida por el encuentro amoroso.

El muchacho, echado de espaldas, no le contesta de inmediato.

—Lo que te hacía falta era tranquilidad —añade ella sin volverse a mirarlo, la vista extraviada en la oscuridad que la rodea—. Yo te lo dije.

—¿Por qué te sentaste? —pregunta él al fin.

—Tengo calor —responde ella, pensando en las ventanas cerradas del ranchito.

—Si hubiéramos podido abrir una ventana... —empieza a decir él.

—Pero no podíamos. Tú mismo lo dijiste.

—Sí. Era más seguro dejarlas cerradas.

Esa última frase es la que alcanza a escuchar el hombre que ha arrimado la cabeza a la puerta de la vivienda, mientras lleva su mano derecha, en un lento ademán impensado, hacia la empuñadura del machete que pende de su cinto.

—Eso dijo tu amigo Leonardo, ¿verdad? —oye decir ahora a la mujer, y ya no le cabe duda de que la incertidumbre, el desaliento y la exasperación que llenaron en turbulenta amalgama todos y cada uno de estos últimos días, han tocado a su fin. El hombre traga saliva y contiene momentáneamente la respiración; en seguida vuelve ligeramente la cabeza hacia los arbustos (guayabos le parecieron hace un rato, cuando se detuvo entre ellos) donde dejó amarrado el caballo, pero la oscuridad y la distancia no le permiten columbrar al animal. Ojalá que no haga ruido, se dice, y mueve la cabeza hacia el otro lado, atentos la vista y el oído a cualquier presencia extraña. El múcaro vuelve a ulular, pero ahora en tono apagado, como si le intimidara su propia perturbación del silencio.

—Leonardo lo dijo, sí —contesta el muchacho—; pero yo de cualquier manera las hubiera cerrado.

—¿Hace mucho que es tu amigo? —pregunta la mujer.

—¿Quién? ¿Leonardo? No, no hace mucho. Y no es mi amigo. Quiero decir...

—Esta tarde me lo presentaste como amigo.

—Bueno, sí. Pero la verdad es que... Mira, desde que él vino yo quería decirte algo, porque ya es tiempo de que tú lo sepas. Leonardo y yo nos conocimos en la cárcel.

—¿En la cárcel? —la sorpresa que expresan las palabras de la mujer coincide con la súbita alarma del que escucha afuera. Ahora irrumpe en su mente el recuerdo de aquella frase del dependiente en el cafetín, una alusión cuyo significado él no había podido descifrar y por eso la olvidó en seguida: "Aquél que acababa de salir de la nevera y no sabía adónde ir." La nevera: así deben llamar aquí a la cárcel. Un presidiario, entonces. ¿Y por qué habría...

—¿Y por qué estuviste tú en la cárcel? —pregunta la mujer esforzándose por infundir naturalidad en el tono de su voz.

—Tuve que defenderme de alguien que quería abusar de mí. Fue la única vez que...

—Está bien. Eso le puede pasar a cualquiera.

—Pero yo debía habértelo dicho antes. Si tú lo hubieras sabido, a lo mejor no...

—No me hubiera importado. Eso no tiene que ver con... con nosotros dos.

El silencio que sigue a la afirmación de la mujer pasa casi inadvertido para el hombre que aguarda junto a la puerta, entregado ahora a una reflexión premiosa. Por defenderse dice que fue a la cárcel, pero defenderse no es delito, eso cualquiera lo sabe. ¿Qué hizo para que lo condenaran: golpear, herir, matar? Yo no tengo manera de saberlo, y de una sola cosa puedo estar seguro: tendré que vérmelas con un hombre peligroso. (Es la primera vez, aunque su conciencia no alcance todavía a reconocerlo, que piensa en el otro otorgándole la condición de *hombre*, ya no "muchacho", "infeliz", "Juan Lanas"...) A lo mejor mató. Pero no tiene edad para haber cumplido una sentencia larga. Salvo que se haya fugado y ande prófugo. Claro: si desde el primer día me pareció a mí raro que alguien de aquí abajo fuera a buscar trabajo por allá. Y se lo dije, me acuerdo bien, pero entonces me salió con aquello de que quería ver otras partes. La verdad es que no se lo creí, pero tampoco sospeché que... Prófugo tiene que ser, seguro. Por eso hablaba tan poco, por eso nunca me dijo nada de su vida.

—Yo también tengo algo que decirte —declara la mujer ahora—. También debería habértelo dicho antes, pero no podía porque... bueno, porque primero tenía que asegurarme yo misma de lo que iba a hacer.

El silencio del otro delata la expectación que las palabras de la mujer han suscitado en él.

—Yo no sé —continúa ella— lo que tú piensas de mí.

—Yo ...

—No, espérate. Déjame hablar primero y después dime lo que quieras. Mira, yo... yo empecé a contarte algunas cosas cuando te dije que quería irme contigo, pero no llegué a contártelo todo. Y tú tienes que saberlo. La verdad es que yo me enamoré de Rosendo desde el día que lo conocí. Eso fue en una fiesta en casa de unos vecinos. Yo era una muchacha sin experiencia, y ningún hombre me había dicho las cosas que Rosendo me dijo aquella noche. Él era mayor que yo y no era de por allí, y en esa fiesta había otras muchachas más bonitas que yo, así que... Me llenó la cabeza con todas esas cosas y yo no sabía ni qué pensar. Estaba tan embobada que cuando volvía a mi casa esa misma noche tropecé y me caí y así fue como me partí este diente. Entonces al otro día él se presentó por casa como quien no quería la cosa y estuvo hablando con mis papás. Les dijo que andaba buscando una finca por allí y que también quería comprar unas cosechas y no sé qué más, y mamá empezó a convencerme de que él tenía interés en mí... ¡Como si yo no lo supiera! Pero no dije nada porque yo misma no estaba segura de que eso fuera verdad. Yo pensaba que a lo mejor me había dicho todas aquellas cosas para pasar el rato. Lo que sí sabía era que yo ya estaba enamorada. Entonces él siguió yendo por casa y papá simpatizó con él. Después me dijo que como yo no tenía hermanos hombres, debía ir pensando en casarme con alguien que pudiera ocuparse de la finca cuando él faltara, y que Rosendo era un hombre serio, un hombre de trabajo y esas cosas, ¿ves? Los únicos que desconfiaron de él fueron unos primos míos que tienen una finca por Guilarte. Yo no sé por qué desconfiaron de Rosendo cuando lo conocieron, pero le dijeron a papá que tuviera cuidado, que averiguara bien si lo que decía Rosendo era verdad, no fuera a ser que quisiera casarse conmigo por el interés de quedarse con la finca sin que le costara nada.

Pero papá no les hizo caso, y cuando nosotros nos casamos ellos no vinieron a la boda y después nunca volvieron por casa.

—¿Ellos sabían algo de Rosendo? —pregunta el muchacho.

—No, ellos nunca dijeron que supieran nada. Sólo decían que había hombres así y que tuviéramos cuidado. Pero después que nos casamos y que papá se murió, mamá empezó a llevarse mal con Rosendo. Era por cosas de dinero. Él vendía las cosechas en Ponce y ella pensaba que le pagaban más de lo que él decía, ¿ves? Yo no sabía nada de esas cosas y lo único que quería era ser feliz con él, y por eso no me metía en sus discusiones.

Te quedabas callada, piensa ahora el hombre que escucha junto a la puerta. Te quedabas callada como si estuvieras de acuerdo con ella. Y yo tenía que vivir como si fuera un ladrón en aquella casa. Si no te hubieras quedado callada, si alguna vez me hubieras dicho algo...

—Yo debería haberle dicho algo a Rosendo —continúa la mujer—. Debería haberle dicho lo que pensaba: que a mí no me importaba lo que le pagaran por el café porque él había trabajado y tenía derecho a disponer del dinero. Más de una vez pensé decírselo, pero nunca lo hice. Y él pensó que yo estaba de parte de mamá y entonces empezó a darme mala vida.

—¿Qué te hacía? —pregunta el muchacho.

—No era lo que hacía, era lo que no hacía. No se ocupaba de mí. Me hizo ver que yo ya no le importaba, que ya no me quería. Y entonces fue que yo empecé a pensar que mamá tenía razón. No es que lo creyera de verdad, ¿ves?, sino que yo empecé a convencerme de eso, y mientras me convencía era como si me estuviera desquitando de Rosendo.

—Pero... antes de eso, al principio, ¿él te quería?

—Si yo supiera eso...

Así que no lo sabes, se dice el hombre junto a la puerta. Pero una vez sí lo supiste. Nadie te obligó a casarte conmigo: lo hiciste porque sabías que yo te quería. Cuando tus primos se negaron a volver por tu casa, dijiste que te daba lo mismo porque sabías que yo te quería y eso era lo único que te importaba. Lo sabías, sí, pero llegó un día en que dejaste de creerlo. Yo quisiera saber cuándo fue ese día.

—Bueno —dice la mujer—, la verdad es que él me quería. Yo lo sabía y por eso me casé con él. Lo que pasa es que... no sé cómo decirlo... el amor puede morirse si uno no lo cuida, ¿sabes? Y Rosendo no supo cuidarlo ... pero yo tampoco.

El hombre junto a la puerta percibe que, después de pronunciar sus últimas palabras, la mujer ha empezado a sollozar. Y en ese instante, en un movimiento tan impensado como el anterior, empieza a retirar su mano de la empuñadura del machete.

—Dominga —dice el muchacho en voz tan queda que el hombre al otro lado de la puerta tiene que hacer un esfuerzo para escuchar—, qué bueno que me contaste todo eso. Ahora yo quiero hacerte una pregunta. Dominga, ¿tú sabes por qué tú estás llorando?

Ella no responde, y el muchacho deja que el silencio se prolongue unos momentos antes de continuar:

—Yo voy a decírtelo, pero no vayas a contestarme cualquier cosa porque lo que te voy a decir no tiene que ser triste para ninguno de los dos. Dominga, tú estás llorando por Rosendo.

Los sollozos de la mujer se convierten ahora en llanto incontenido. El hombre al otro lado de la puerta inclina la cabeza y retrocede un paso. El múcaro vuelve a ulular y su voz, por vez primera, pasa inadvertida para el hombre, que tampoco alcanza a escuchar las siguientes palabras del muchacho:

—No vayas a pensar que no te quiero, óyeme bien. Pero yo también tendría que contarte muchas cosas para que tú pudieras entender de qué manera te quiero. Déjame decirte nada más que a ti te debo desde esta noche lo que nunca voy a deberle a otra mujer. Y por eso mismo tengo que decirte la verdad. Dominga, tú no puedes seguir conmigo.

—Fico, yo...

—No, no, no es por mí. Es por ti, por ti misma, ¿me entiendes? Tú no quieres seguir conmigo. Tú no eres de aquí, tú nunca vas a ser de aquí, aunque estés conmigo. Éste es otro mundo, éste no es tu... ¡Si yo supiera hablar como otras personas, para decírtelo mejor...! Pero ya no sigas pensando en eso. Acuéstate otra vez, para que descanses. Mañana podemos seguir hablando.

El hombre allá afuera vuelve a erguir la cabeza. Un tropel de pensamientos encontrados lo paraliza durante unos momentos cuya duración él mismo no podría medir. Por fin da unos pasos en dirección a los arbustos entre los cuales dejó el caballo, pero de pronto se detiene. Vacila todavía un instante, y en seguida se da vuelta y desanda sus pasos. Frente a la puerta de la vivienda endereza todo su cuerpo y vuelve a empuñar el machete. Lo desprende de su cintura y en un ademán violento, con toda la fuerza de que es capaz, lo clava en el suelo frente a la puerta. Entonces echa a caminar resueltamente hacia los arbustos.

—Allá va —dice uno de los policías agazapados entre las cañas.

—Sí —dice el otro, el que es cabo—. Y va solo. ¿Ya ves por qué no quise agarrarlo cuando llegó? No sabíamos si adentro había alguien esperándolo.

—Sí, cabo, usted sabe lo que hace.

—Bueno, vamos. Pero despacio y con precaución, que seguramente anda armado.

El hombre ya ha visto al caballo. Se le acerca con pasos firmes, porque ahora no le importa el sigilo. Va pensando que antes del amanecer estará en Guavate. Esas horas deberán bastarle para decidir cuál va a ser el término de su viaje de regreso. Aquí no tengo por qué quedarme, pero tampoco estoy seguro de que quiera volver allá después de todo lo que ha pasado. Ahora habrá que pensar con calma en muchas cosas. Si encontrara un lugar donde pudiera sentirme tranquilo durante unos días... Ese lugar existe, se dice de pronto, y en seguida comprende que su existencia ha estado presente en el fondo de sus pensamientos desde el momento, hace dos días, en que salió de allí pensando que nunca iba a volver. Sólo en una ocasión había aflorado a su conciencia: cuando la negra que le dio de comer habló de otra mujer que lo esperaba. El recuerdo le sobreviene con una extraña confusión de desagrado y solaz. Que lo esperaba y lo quería, había dicho la... Pero el grito que ahora suena a sus espaldas corta brutalmente el hilo de la evocación:

—¡Párese ahí!

Se da vuelta con instintiva rapidez y su mirada descubre de golpe las dos siluetas recortadas sobre la claridad lunar. No llega a pensar nada en ese instante, pero el vuelo de su mano hacia su cintura se frustra en la ausencia del machete.

—¡No se mueva o disparo! —la voz amenazante confiere ominosa vida a la silueta más cercana y empuja al hombre a la huida precipitada entre los arbustos. El balazo que lo alcanza en plena espalda lo derriba a dos pasos del caballo azorado por los gritos y el disparo. Su brevísima agonía vela definitivamente la postrera visión de un limonero solitario a la orilla de un batey.

La pareja que sale del ranchito se detiene bruscamente en el umbral de la puerta, frente al machete clavado en el suelo donde aún se advierten las huellas de pisadas recientes.

—¿Quién dejaría eso ahí? —dice él cuando logra sobreponerse al efecto inicial de su sorpresa.

Ella guarda silencio unos instantes; después, apartando la mirada del machete para fijarla en el rostro del muchacho, dice:

—¿Tendrá algo que ver con lo que oímos anoche?

—Los gritos y el disparo —recuerda él—. Puede que sí, pero...

—Pero, ¿por qué dejarían eso ahí, frente a la puerta? —completa ella su pensamiento.

—Alguien tuvo que llegar hasta aquí. Mira, todavía se ven las pisadas. A lo mejor venían buscando... —pero se interrumpe cuando ve que ella ha vuelto a mirar el machete, agrandando los ojos en un gesto que alcanza a inquietarlo vagamente.

—¿Qué estás pensando? —le pregunta.

—No, nada —contesta ella denegando con la cabeza—. Vámonos ya de aquí.

Y trasponen el umbral, él primero y ella después, moviendo las piernas con cuidado para no rozar el arma. Con el mismo cuidado se vuelve él a continuación para cerrar la puerta y echar el candado.

—Es temprano —comenta la mujer cuando van llegando a la carretera.

—Buena hora para caminar antes de que el sol agarre fuerza —dice el muchacho.

Y dice bien. Es, en efecto, la hora en que las sombras de todas las cosas apenas empiezan a nacer sobre la tierra.

Balada de otro tiempo terminó de imprimirse en
diciembre de 1996, en Litográfica Ingramex,
S.A. de C.V. Centeno 162, Col. Granjas Esmeralda,
C. P. 09810, México, D.F.